古典文獻研究輯刊

五 編

潘美月・杜潔祥 主編

第 24 冊

《說文繫傳》研究

張 意 霞 著

國家圖書館出版品預行編目資料

《說文繫傳》研究／張意霞著 — 初版 — 台北縣永和市：花木
蘭文化出版社，2007〔民 96〕

序 2+ 目 2+152 面；19×26 公分
（古典文獻研究輯刊 五編：第 24 冊）
ISBN：978-986-6831-45-4（全套精裝）
ISBN：978-986-6831-69-0（精裝）
1. 字書 2. 研究考訂
802.212   96017737

ISBN 978-986-6831-69-0

9 789866 831690

古典文獻研究輯刊
五 編　第二四冊　　　　　ISBN：978-986-6831-69-0

《說文繫傳》研究

作　　者　張意霞
主　　編　潘美月　杜潔祥
企劃出版　北京大學文化資源研究中心
出　　版　花木蘭文化出版社
發 行 所　花木蘭文化出版社
發 行 人　高小娟
聯絡地址　台北縣永和市中正路五九五號七樓之三
　　　　　電話：02-2923-1455／傳真：02-2923-1452
電子信箱　sut81518@ms59.hinet.net
初　　版　2007 年 9 月
定　　價　五編 30 冊（精裝）新台幣 46,500 元

《說文繫傳》研究

張意霞　著

作者簡介

張意霞（kttypg@yahoo.com.tw）

西元 1966 年生於高雄市。畢業於中興大學中國文學系學士班、逢甲大學中國文學系碩士班、臺灣師範大學國文研究所博士班。碩士論文指導教授為孔仲溫（即之）先生（註1），題目是「《說文繫傳》研究」；博士論文指導教授為陳新雄（伯元）先生，題目是「王念孫《廣雅疏證》訓詁術語研究」。主要研究領域為文字學、聲韻學、訓詁學，其次為修辭學與歷代文學。作者曾任蘭陽技術學院學生輔導中心輔導老師、進修部課務組組長，目前為通識教育中心國文組副教授。

〔 註 1 〕 碩士班指導教授孔仲溫（即之）先生已於西元 2000 年 4 月病逝於高雄醫學院，英年早逝，令人不勝歎惋。當初他帶領我走進小學界，循循善誘，若無即之師，無以成此書。如今「《說文繫傳》研究」幸得付梓，願以此書獻給恩師在天之靈。

提　要

　　徐鍇《說文繫傳》是現存最早的《說文》註本，它在說文學的歷史傳承上扮演了極重要的角色。而且《說文繫傳》的內容有註有論，在註的部分，徐鍇依照「文字之義無出《說文》」的原則，忠實地保存了《說文》的真貌，即使見解上產生歧異，徐鍇也會註明何者為個人的意見，不會和許慎原有的說解相混淆；在論的方面，徐鍇充分表達了自己對六書的看法、對李陽冰誣妄的釐清，以及對《說文》部首「據形繫聯」的見解。縱然其中有很多的說法以現今的標準加以檢視都是不周全的，但也是瑕不掩瑜，《說文繫傳》對於後代學者的啟迪與影響，還是不容忽視的。

　　本文內容共分為五章：

　　第一章為緒論。主要說明本文的研究動機、目的與方法，以及作者的生平、時代背景與著作簡述，此外也討論到《說文繫傳》版本的流傳，並對《說文繫傳》反切的問題略做探討。

　　第二章為《說文繫傳》字數、結構與體例的分析。文中包括各卷於載字數與實際字數歧異的原因、今本《說文繫傳》組成的結構的分析、徐鍇註解型式的分類舉例，以及《說文繫傳》稱人引書概述。

　　第三章為《說文繫傳》六書理論的析述。

　　第四章為徐鍇《說文繫傳》評析。在本章中對於徐鍇撰寫《說文繫傳》態度和體例的得失、文字理論、《說文繫傳‧部敘》內涵和《說文繫傳‧祛妄》內容都做了一番討論。

　　第五章為結語。綜合前四章所探討分析的結果，說明《說文繫傳》對後世的影響及貢獻。

目錄

自　序

　　自古以來，中國人最重視的就是天人之間的互動關係，而漢字演變的過程，正好說明了我們先人如何從對大自然的模仿中，學習到人文系統的組織與建立。

　　東漢許慎的《說文解字》是第一部具有系統性整理文字的字書，它那「據形繫聯」的編排方式，也是後代字書相沿承襲的特色。不過，在唐朝時，它曾因李陽冰的憑臆修改而幾乎失去原貌，幸虧到了南唐徐鍇《說文繫傳》的校註，才使得《說文解字》回復了大部分的真實面貌。後來又經徐鉉的奉詔刊刻，更使得原來幾乎泯滅的「說文學」得到復興。到了清代，《說文解字》的研究達到了鼎盛，在著名的段、桂、王、朱四大家中，尤其以段玉裁的《說文解字注》最為精良，此後學者討論文字，大多以段氏的說解為依據。

　　徐鍇《說文繫傳》是現存最早的《說文解字》註本，它的校刊，雖然不如段氏精良，但在《說文解字》的歷史傳承上，卻是一個極為重要的轉接點。而且《說文繫傳》的內容有註有論，在「註」的部分，徐鍇依據「文字之義無出《說文》」的原則，忠實地保存了《說文解字》的真貌，即使有見解上的歧異，徐鍇也會註明是自己的意見，不會和許慎的說解混淆；在「論」的方面，徐鍇也充分地表達了自己對六書的看法，對李陽冰誣妄的釐清，以及對《說文解字》部首「據形繫聯」的見解，縱然其中有很多的說法不夠周全，但它們對後代學者的啟迪與影響，卻是不容忽視的。

　　「《說文繫傳》研究」的撰寫，至今終於告一段落，在撰寫的過程中，不論是全力支援的家人們，亦嚴亦慈的　本師孔仲溫先生，或主動提供協助與鼓勵的師長、好友和學弟妹們，都使得我深深地體會到人間不求回報的可貴摯情，於此僅致上最深的感激！謝謝您們在我最需要的時候，提供我一切的幫助。我也衷心祈盼海內外的專家學者，本著「求好」的心，不吝給予本文批評與指正。

中華民國八十三年六月

張意霞　序於逢甲大學

第一章 緒 論

第一節 研究動機、目的與方法

　　《說文繫傳》是現存最古的一部註解《說文》的書，在《說文》的傳承上也擔負了承先啓後的歷史任務，它不但挽救了《說文》被李陽冰竄改淪沒的命運，同時更成功地延續了許學的生命，使《說文》能以大部分的眞實面貌在清代得到顯揚。

　　《說文繫傳》的內容有註有論：在註解方面，徐鍇大量運用了「因聲求義」的聲訓方式，同時也廣博地稱引了經、史、子、集等將近兩百種的各部典籍，不但增加了註解的客觀性，而且也保存了不少訓詁考據的資料；在論述方面，徐鍇往往提出許多創見，對於後人《說文》學的研究有很多的啓發，尤其是有關六書理論的一些見解，對後世更有著深遠的影響。

　　然而，《說文繫傳》一書雖然倍受讚譽，研究它的著作卻寥寥無幾，徐鍇捃摭舊說、究詰誤謬的大志也因而隱晦不彰。直到清代考據學鼎盛，帶動了勤綴古籍的風氣時，《說文繫傳》才終於在諸位學者奮力的蒐羅下，開始擁有校勘略爲精良的版本以及研究專著。

　　在個人極力的搜尋下，自古迄今，僅知有清朝的汪憲撰《說文繫傳考異》、王筠撰《說文繫傳校錄》，民國以後，則有相菊潭撰《說文二徐異訓辨》、曾勤良撰《二徐說文會意形聲字考異》、張翠雲撰《說文繫傳版本源流考辨》以及李相機撰《二徐說文學研究》等，是研究《說文繫傳》的專著。但這些作品大多著墨在《說文繫傳》版本的考訂、文字的校對與二徐本的比較上，而未曾對《說文繫傳》本身做一全面性的探討。因此個人擬承繼前人的研究成果，並竭盡心力將《說文繫傳》作一系統性的剖析、探索與整合，希望能藉此彰顯徐鍇編撰《說文繫傳》的方法、評價與影

響，進而在字學傳承的歷史上，凸顯出《說文繫傳》的重要地位。另外，也期盼由於本文的探索，能引發學者研究《說文繫傳》的興趣，以達到拋磚引玉的效果，冀使徐鍇編撰《說文繫傳》的努力，能得到更多的回響。

本文的內容共分爲六章：

第一章是「緒論」。這一章的重點，主要是說明個人研究《說文繫傳》的動機、目的與方法，並且敘述徐鍇之生平事蹟、著作與時代背景。至於《說文繫傳》的版本與流傳，由於張翠雲的《說文繫傳板本源流考辨》已有極爲詳盡的考證，所以本文除了在這一章裡擇要闡述以外，也進而分析《說文繫傳》流傳不盛的原因。本章最末則探討《說文繫傳》的反切問題，對徐鍇所採用朱翱反切的語音系統，依照現今研究的狀況，做扼要的探論。

第二章是「《說文繫傳》字數、結構與體例的分析」。由於現存的《說文繫傳》年代已久，流傳又不盛，朝代遞嬗之間，卷數、字數不免會有增益減損。然而在字卡製作的過程中，個人卻發現部分卷中的總計字數與實際字數差距甚遠。如：卷五中總計字數爲文六百三十三、重百三十八，而實際字數卻只有文三百三十五、重五十六，共計少了三百八十個字。爲探究這個龐大字數差距的由來，個人特檢閱本文所根據的清道光十九年祁刻本，與另外三種不同版本《說文繫傳》的字數，並相互參稽研覈，以解除這個疑義。

另外，祁刊本雖然已是現今最佳的版本，但它的內容結構還是很複雜，除了徐鍇有的註解外，還有依據大徐本《說文》補入的和後人竄入的。所以在分析徐鍇的著作體例以前，必須先釐清這個問題，然後接著才做《說文繫傳》術語應用和稱人引書等體例的歸納與分析。

第三章是「《說文繫傳》六書理論的析述」。六書是中國古代造字、用字的方法。許慎《說文解字・敍》中說：

> 《周禮》八歲入小學，保氏教國子，先以六書：一曰指事，指事者，視而可識，察而見意，上下是也。二曰象形，象形者，畫成其物，隨體詰詘，日月是也。三曰形聲，形聲者，以事爲名，取譬相成，江河是也。四曰會意，會意者，比類合誼，以見指撝，武信是也。五曰轉注，轉注者，建類一首，同意相受，考老是也。六曰假借，假借者，本無其字，依聲託事，令長是也。

因此在許慎編纂《說文解字》之前，六書的方法便已產生了。然而由於許慎《說文解字・敍》中所說的六書定義非常簡略，不容易融匯貫通，因此後世學者在對六

書的詮釋上，也產生極大的分歧。如清朝戴震有「四體二用」的言論〔註1〕，他在《答江慎修論小學書》中說：

> 指事、象形、諧聲、會意四者，書之體止此矣；由是之於用，曰轉注，曰假借，所以用文字者，斯其兩大端也。

而孫雄則有「六書皆造字之本」的說法〔註2〕，他在《六書皆造字之本非有四體二用可分說》中說：

> 班孟堅、許叔重之論六書，初未嘗有體用之說，由此六者皆造字之本，無先後之可軒輊。

基本而言，象形、指事、會意和形聲屬造字法是學者們的共識，而轉注與假借的判定，則至今仍眾說紛紜，莫衷一是。

對於六書的問題，徐鍇在《說文繫傳》中也曾提到，並且在詮釋諸字時，也間或表達自己對六書的看法，其六書理論在當時可說是極具創見的。因此本章內容即敘述徐鍇對六書名稱、次第的看法和他的「三耦論」，然後詮釋《說文繫傳》中徐鍇對六書的定義與見解，並且舉例加以佐證。

第四章是「徐鍇《說文繫傳》評析」。本章的重點乃在於對徐鍇的《說文繫傳》做個總檢討，其中包括徐鍇作《說文繫傳》的態度、體例的得失、文字理論的矛盾與衝突，以及〈部敘〉卷所傳達的意義與概念，最後並闡析徐鍇在〈袪妄〉卷裡批判李陽冰觀點的內涵與是非。

第五章是「結語」。從以上各章的討論中可知，《說文繫傳》的體例與文字方面的理論，對後世治學者具有發微深義、啟迪思想的功效。因此，本章特將徐鍇「因聲求義」、「三耦論」、「轉注為互訓」等方法或見解後世的影響縷析纂錄，以發揚《說文繫傳》的特色，並且也表彰《說文繫傳》的功蹟，以及它對文字學歷史的貢獻與價值。

第二節　作者的生平、時代背景與著作

一、作者的生卒與事蹟

（一）家世與才藝

徐鍇字鼏臣，又字楚金，會稽人。生於吳惠帝武義二年庚辰（西元九二〇年），

〔註1〕請參見《說文解字詁林》前編下「說文總論」第966頁。
〔註2〕請參見《說文解字詁林》前編中「六書總論」第562頁。

卒於後主開寶七年甲戌（西元九七四年），享年五十五〔註3〕。曾祖徐源與祖父徐徽皆為隱德不仕者。父親徐延休字德文，風度淹雅，為故唐乾符中進士，曾於吳國任官至光祿卿江都少尹卒〔註4〕。兄徐鉉字鼎臣，十六歲仕吳為校書郎，開寶九年隨後主李煜入宋。太平興國二年曾參與編纂《太平廣記》、《太平御覽》，擁熙三年並承詔與句中正、葛湍等共同讎校許慎《說文》〔註5〕。

徐鍇自幼聰慧，四歲時父親亡故，母親由於忙著教導剛入學的徐鉉，無暇顧及徐鍇，不過他卻能自己識字讀書，而且十歲即擅長作詩。宋僧文瑩在《玉壺詩話》中就記載著有關徐鍇年幼作詩的情形：

> 鍇詞藻尤贍，年十歲，群從燕集，令賦秋聲詩，頃刻而就。略云：「井梧紛墮砌，塞鴈遠橫空。雨滴苔莓紫，風歸薜荔紅。」盡見秋聲之意。
> 〔註6〕

此外，他的記憶力極強，從書籍內容到生活中大小知識，他都能謹記不忘。根據毛先舒《南唐拾遺記》中說：

> 江南徐鍇嘗奉命撰文，與其兄鉉，共論貓事。鉉疏得二十事，鍇曰：「未也，適已憶七十餘事。」鉉曰：「楚金大能記。」明旦云：「夜來復得數事。」鉉撫掌稱美。〔註7〕

徐鍇連論「貓」這種小事都能細數歷歷，難怪他的兄長會撫掌稱美。又如江少虞撰《皇朝類苑》中也記載了相關的事蹟：

> 徐鍇仕江左至中書舍人，尤嗜學該博，領集賢學士校祕書時，吳淑為校理，古樂府中有「摻」字者，淑多改為「操」，蓋章草之變。鍇曰：「非可以一例，若漁陽摻者，音七鑒反，三撾鼓也。禰衡作〈漁陽三撾鼓歌詞〉云『邊城晏開漁陽摻，黃塵蕭蕭白日暗』」淑歎服之。又嘗召對於清暑閣，閣前地悉市塼，經雨，草生縫中。後主曰：「累遣薙去，雨潤復生。」鍇曰：「《呂氏春秋》云：『桂枝之下無雜木。』蓋桂味辛螫故也。」後主令於醫院取桂屑數斗，均布縫中，經宿，草盡死，其博

〔註3〕四庫本第四六四冊馬令《南唐書》卷十四第318頁中說：「開寶八年卒於金陵圍城中。」而同冊中陸游《南唐書》卷五和第四六五冊吳任臣《十國春秋》則記載在「開寶七年七月」。而《名人年譜》、《名人生卒年表》、《名人年里碑傳總表》等，都和陸游《南唐書》一樣，認為徐鍇卒於開寶七年。另外再根據徐鉉及徐鍇生平事蹟來推算，也應該是開寶七年。所以本文採用陸游《南唐書》的說法。

〔註4〕請參見四庫本第四六四冊陸游《南唐書・徐鍇傳》卷五第411頁。

〔註5〕請參見《宋史・徐鉉列傳》文苑三卷四四一第13048頁。

〔註6〕請參見《古今詩話叢編》中《玉壺詩話》第39頁。

〔註7〕請參見《書目集成新編》第一一五冊「五代別史類」的《南唐拾遺記》第346頁。

物多識如此。〔註8〕

由此可見，徐鍇博學強記的智能是倍於常人的。他這種信手捻來即爲憑證的能力，不但使他在訓纂古籍時，能旁徵博引，而且在校訂秘書時，也較能避免觸犯以偏蓋全的過失。不過，在治學方面，徐鍇並不憑恃著聰明才智而有所懈怠，反倒能把握時機，不斷努力地充實知識。如陸游《南唐書・徐鍇傳》中說：

> 鍇酷嗜讀書，隆寒烈暑，未嘗稍輟。後主嘗得《周載齊職儀》，江東初無此書，人無知者，以訪，鍇一一條對，無所遺忘，其博記如此。既久處集賢，朱黃不去，非暮不出。少精小學，故所讎書尤審諦，每只其家語人曰：「吾惟寓宿于此耳！」江南藏書之盛爲天下冠，鍇力居多，後主嘗歎曰：「群臣勤其官皆如徐鍇在集賢，吾何憂哉？」〔註9〕

徐鍇不僅醉心於讀書，而且對於典籍的校讎具有極深的功力。因此，從「江南藏書之盛爲天下冠，鍇力居多」的敘述中，我們便可看出，徐鍇在治學方面的努力是勝於常人的。

徐鍇與兄徐鉉的文章在江左極具盛名，《事物紺珠》中就稱他們是「南唐徐氏二龍」〔註10〕。他曾第進士累遷屯田郎中知制誥集賢殿學士，名拜右內史舍人，並受賜金紫宿宜光政殿兼兵使部選事，與兄徐鉉同爲皇帝身邊的侍臣，而且，他們的文采也極受注目與器重。根據《宋史・徐鉉傳》中說：

> 李穆使江南見其兄弟文章，歎曰：「二陸不能及也！」〔註11〕

李穆所說的「二陸」是指西晉的陸機和陸雲兄弟，他們以文才而名重一時。李穆認爲徐氏兄弟的文章與二陸相比，有過之而無不及，再加上馬令《南唐書・徐鍇傳》中也說：

> 鍇曾著《質論》十餘篇，後主札批其首，後主文集復命鍇爲序，君臣上下互爲賁飾，儒者榮之。〔註12〕

因此二徐文采極盛，在當朝可說是有目共睹的。

除此之外，徐鍇善篆書，有千文刻石傳於世〔註13〕。在《南唐拾遺記》中也曾經記載：

〔註8〕請參見《皇朝類苑》卷四十第998頁。
〔註9〕請參見四庫本第四六四冊陸游《南唐書・徐鍇傳》卷五第412頁。
〔註10〕請參見四庫本第四六四冊陳彭年《江南別錄》引《事物紺珠》說：「南唐徐氏二龍蓋謂鉉與鍇也。」
〔註11〕請參見《宋史・徐鉉列傳》文苑三卷四四一第13049頁。
〔註12〕請參見四庫本第四六四冊馬令《南唐書・徐鍇傳》卷十四第318頁。
〔註13〕請參見董史《皇宋書錄》中篇第2頁。

徐鉉兄弟工翰染，崇飾書具，嘗出一月墨團，云價值南金。〔註14〕

所以，他們在書法上的造詣，也是赫赫有名的。

徐鍇在先天聰敏之資與後天努力的相輔相成下，奠立他訓纂小學時能左右逢源的最佳基礎，再加上善於篆書的優良條件，更使他成為傳注《說文》的最佳人選。

（二）性格與仕途

徐鍇的學問、文章和才情雖佳，但作官的路途卻極為坎坷。起初是他自己無意進入官場。後來由於兄徐鉉努力不懈地見機推舉，才使他得到秘書郎的職位，而此時徐鍇正二十四歲。陸游《南唐書・徐鍇傳》中記載說：

> 昇元中議者以人浮薄，多用經義法律取士，鍇恥之，杜門不求仕進。鉉與
> 常夢錫同宜門下省，出鍇文示之，夢錫賞愛不已，薦於烈祖。未及用而烈
> 祖殂，元宗嗣位起家，秘書郎齊王景遂奏授記室。〔註15〕

然而由於他的個性非常耿介，言論批評也不知委婉修飾，因此在同年隨即得罪權貴而遭到第一次的貶抑。據《宋史・徐鉉列傳》說：

> 時有得軍中書檄者，鉉及弟鍇評其援引不當。檄乃湯悅作，悅與齊丘
> 誣鉉、鍇洩機事，鉉坐貶泰州司戶掾，鍇貶為烏江尉，俄復舊官。〔註16〕

徐鍇回復舊官後，並沒有記取教訓而將他的個性稍加更改，以至於在南唐元宗保大十一年（西元九五三年），徐鍇三十四歲時，又觸怒唐主而再次遭貶。司馬光《資治通鑑・後列國紀》第二九一卷說：

> 唐主又命少府監馮延魯巡撫諸州，右拾遺徐鍇表延魯無才多罪，舉措
> 輕淺，不宜奉使。唐主怒，貶鍇校書郎，分司東都。〔註17〕

他居然連皇帝的決定都敢大肆批伐，這也更展現了徐鍇直言不諱的個性。

除遭貶抑之外，徐鍇胸無城府的個性也使他錯失了許多升遷的機會。他雖不眷戀官場，但對於他人有意的壓制卻忿忿不平，甚至還去當面質問。如陸游《南唐書・徐鍇傳》中就有一例：

〔註14〕請參見《書目集成新編》第一一五冊「五代別史類」的《南唐拾遺記》第348頁。

〔註15〕請參見四庫本第四六四冊陸游《南唐書・徐鍇傳》卷五第411頁。

〔註16〕請參見《宋史・徐鉉列傳》文苑三卷四四一第13044頁。

〔註17〕陸游《南唐書・徐鍇傳》說：「以秘書郎分司東都」。但根據史籍記載，徐鍇除此次貶抑為「校書郎」外，並無任職「校書郎」的記錄，而《說文繫傳》中又明白地寫著「文林郎守秘書省校書郎臣徐鍇傳釋」，表示他確曾擔任「校書郎」的職務。而且，司馬光《資治通鑑》與吳任臣《十國春秋》均記載「貶鍇校書郎」。因此，本文便採用司馬光《資治通鑑》的說法。詳情請參見請參見四庫本第四六四冊陸游《南唐書・徐鍇傳》卷五第412頁；第四六五冊吳任臣《十國春秋》第161頁；《資治通鑑補》第四十冊第二九一卷、第14704頁。

初鍇久次當遷中書舍人，游簡言當國，每抑之，鍇乃詣簡言，簡言從
容曰：「以君才地，何止一中書舍人，然伯仲並居清要，亦物忌太甚，不
若稍遲之。」鍇頗怏怏。簡言徐出妓佐酒，所歌詞皆鍇所爲，鍇大喜，乃
起謝曰：「丞相所言乃鍇意也。」歸以告鉉，鉉歎息曰：「汝癡絕！乃爲數
闋歌換中書舍人乎？」〔註18〕

游簡言當國之時，徐鍇已五十歲，卻仍不平則鳴，稍撫即安，充分顯現了一種天眞
爛漫的性情，難怪徐鉉要無奈地歎息了。

不過徐鍇爲官雖倍受阻撓，但唐主基於愛才，而終於在三年之後使他官拜右內
史舍人。可惜他只當了兩年的右內史舍人，就因國勢日削，金陵被困而憂病身亡，
死後受謚爲「文」，並追贈禮部侍郎。

從徐鍇一生的仕途中，可見其職務幾乎都與文書脫離不了關係：秘書正字屬
文淵閣檢閱，掌排次清釐之事；集賢殿學士屬中書省，其職爲承旨撰集文章，整
編經籍兼供顧問的文學之士；秘書省校書郎屬文淵閣校理，掌修撰、編修、檢討
及註冊點驗之事；而中書舍人則專司執筆起草制敕。或許正因爲單純的工作環境，
才使他保有純眞的天性，即使面對權貴，甚至於在皇帝面前，也依然敢怒敢言，
這點我們從陸游《南唐書·徐鍇傳》所記載李後主與徐鍇的對答中，便可清楚的
看出：

常夜宜召對論天下因及用人才行孰先後，後主曰：「多難當先才。」鍇
曰：「有人才如韓彭而無行，陛下敢以十萬兵付之乎？」後主稱善。〔註19〕

因此，他在修纂《說文繫傳》時，能勇於替《說文》作註，並表明自己不同的看法，
性格的影響可說是極重要的原因之一。

（三）徐鍇生卒事蹟年表

帝　王	名　號	年　號	西　元	年　齡	生　平　事　蹟
吳惠帝	武　義	二　年	九二〇年	一　歲	徐鍇生。
吳睿帝	順　義	三　年	九二三年	四　歲	四歲而孤，鍇自能知書。
	大　和	二　年	九二九年	十　歲	令賦秋聲賦，頃刻而就，且盡見秋聲之意。
南唐烈祖	昇　元	三　年	九三九年	二十歲	鉉作〈包府君詠墓誌〉，鍇爲其銘。

〔註18〕請參見四庫本第四六四冊陸游《南唐書·徐鍇傳》卷五第412頁。
〔註19〕請參見四庫本第四六四冊陸游《南唐書·徐鍇傳》卷五第412頁。

南唐元宗	保　大　元　年	九四三年	二十四歲	鍇爲秘書郎，齊王景遂奏授記室。未幾，兄弟譏評軍檄援引不當，坐洩機事。鍇貶爲烏江尉。
	保　大　三　年	九四五年	二十六歲	鍇爲右拾遺、集賢殿學士。
	保　大　十一年	九五三年	三十四歲	正月二十日，鍇作〈聖廟記〉，十二月，鍇貶爲校書郎，分司東都。
	保　大　十二年	九五四年	三十五歲	鍇爲虞部員外郎。
	保　大　十四年	九五六年	三十七歲	鍇時任屯田郎中知制誥。
南唐後主	乾　德　元　年	九六三年	四十四歲	鍇作〈義興周將軍廟記〉。
	乾　德　五　年	九六七年	四十八歲	後主召鍇等召對咨訪。
	開　寶　元　年	九六八年	四十九歲	鍇有〈奉和鄧王二十六弟牧宣城詩序〉。
	開　寶　二　年	九六九年	五十歲	游簡言當國屢抑鍇，鍇乃詣簡言。十一月九日，鍇作〈陳氏書堂記〉。
	開　寶　三　年	九七〇年	五十一歲	韓熙載卒，鍇集其遺文。
	開　寶　五　年	九七二年	五十三歲	鍇拜右內史舍人，賜金紫宿直光政殿，兼兵吏部選事。喬匡舜卒，鉉、鍇《挽詩》各一首。
	開　寶　六　年	九七三年	五十四歲	宋盧多遜使南唐，求江南圖經，後主命鍇等通夕儲對，與之。
	開　寶　七　年	九七四年	五十五歲	七月七日，鍇卒，贈禮部侍郎，諡曰「文」。

二、作者的時代背景

俗話說：「文如其人」，一個人的著作除了受到本身性格與經歷的影響外，時代背景也是一項不可忽略的因素。因爲它往往具有一種潛移默化的功效，能夠在不知不覺中左右作者的思想與情感《毛詩序》中說：

> 治世之音安以樂，其政和；亂世之音怨以怒，其政乖；亡國之音哀以
> 思，其民困。〔註20〕

而《文心雕龍・時序》中也說：

> 文變染乎世情，興廢繫乎時序。〔註21〕

〔註20〕請參見《毛詩正義》卷一第 7 頁。
〔註21〕請參見《文心雕龍注》卷九第 675 頁。

所以不論政局的治亂或學風的盛衰，顯然都會對作者產生一定的影響。尤其徐鍇是處在唐、宋之間的五代十國，不論是政治局勢的發展或學術環境的變遷，對於他撰寫小學著作時，典籍資料的取得和應用，都有些許的影響。因此，五代十國的背景是值得去注意和瞭解的。

　　根據《舊五代史》、《新五代史》、《十國春秋》等史籍的記載，五代十國是中國繼魏晉南北朝後，又一次的大動亂，而且禮崩樂壞的情形，和魏晉南北朝比較起來，有過之而無不及。尤其連年的戰亂，兵燹損毀了大量的圖書，而且多數的君王都驕奢淫逸，暴虐無道，更使得學術陷入了黑暗期。如陸希聲《唐太子校書李觀文集‧序》中說：

　　　自廣明喪亂，天下文集略盡。

「廣明喪亂」，大約是指黃巢攻入長安的時候（西元八八〇年），當時有許多文集就因為戰亂而幾乎喪失殆盡。而馬令在《南唐書‧歸明傳》卷二十二中也說：

　　　唐末大亂，干戈相尋，而橋門壁水鞠為茂草，馴至五代，儒風不競，
　　其來久矣！……方是時，廢君如吳越弒主，如南漢叛親，如閩、楚亂臣賊
　　子無國無之。

因此，五代十國的學術環境可說是極為惡劣的。由於五代十國各國的國祚都不長，政治局勢混亂，典籍又多遭兵燹，所以，它們在學術方面最大的貢獻就是「承先啟後」，不論在經學或文學方面，都擔任了接駁的重要工作。

　　就經學的狀況來說，五代十國的學者，大多延續了中唐以來「經傳大義補苴」的學風，但都不及漢、宋兩代詁訓的博大精深。只有後蜀廣政七年（西元九四四年）至十四年（西元九五一年）八年間所刻的十種石經，對當代的學術具有提升的功用。

　　至於文學的發展，五代十國恰好是唐詩、宋詞兩種極盛文體間的緩衝站，在這個時期，詩的文體已沒落，而新興的詞體正逐漸壯大，甚至取代了詩的地位，且受到君主與文人們的青睞〔註22〕。陳安仁《中國上古中古文化史》中說：

　　　五代的詞，盛於西蜀與南唐。這因兩地比較平靜，且兩地君主，多愛好文
　　學，文人多歸附之，……。〔註23〕

南唐是五代十國中最為特殊的，因為地處江左，經濟富庶，只是它維持社會繁榮的優良條件之一，而君王的好儒尚文與善體民意，才是它使中國禮樂典制得以保存延續的主要因素。吳任臣在《十國春秋‧南唐烈祖本紀》中曾記載一段有關元宗李璟

〔註22〕如元宗李璟和後主李煜都是文學史上有名的詞人，而西蜀趙崇祚所編的《花間集》
　　　　也收錄了十八家的詞。

〔註23〕請參見《中國上古中古文化史》第二編第七章第470頁。

德政的事蹟：

> 帝生長兵間，知民厭亂，諸臣多言：「陛下中興，宜出兵恢拓舊土。」
> 帝歎息曰：「兵爲民害深矣！誠不忍復言使。彼民安，吾民亦安矣！又何
> 求焉？」由是在位七年，兵不妄動。東與吳越連和，歸其所執將士，錢氏
> 亦歸我敗將，遂通好不絕，境内賴以休息。〔註24〕

「在位七年，兵不妄動」這是多麼不容易的事，它不但促使社會安定繁榮，同時也
讓許多典籍都免於兵災的毀滅。於是，就像劉崇遠的《金華子雜編》中說：

> 初收金陵，首興遺教，懸金爲購墳典，職吏而寫史籍。聞有藏書者，雖寒
> 賤必優詞以假之，或有贊獻者，雖淺近必豐厚以答之。……由是六經臻備，
> 諸史條集，古書名畫，幅輳絳帷。俊傑通儒，不遠千里而家至戶到，咸慕
> 置書，經籍道開，文武並駕。〔註25〕

唐末五代受盡兵燹災禍的江淮流域，在南唐元宗的善政下，又恢復了過去的繁榮與
富庶。所以，馬令在《南唐書·儒者傳》中就盛讚南唐「文物有元和之風」：

> 嗚乎！西晉之亡也，左衽比肩、雕題接武而衣冠典禮會於南史。五代
> 之亂也，禮樂崩壞，文獻俱亡。而儒衣書服盛於南唐，豈斯文之未喪，而
> 天將有所寓歟！不然則聖王之大典掃地盡矣！南唐累世好儒，而儒者之盛
> 見於載籍，燦然可觀。如韓熙載之不羈、江文蔚之高才、徐鍇之典贍、高
> 越之華藻、潘佑之清逸，皆能擅價於一時；而徐鉉、湯悦、張洎之徒，又
> 足以爭名於天下，其於落落不可勝數。故曰：「江左三十年間，文物有元
> 和之風」，豈虛言乎？〔註26〕

而且馬令在《南唐書·歸明傳》中也說明了南唐好儒的情形和成效：

> 南唐跨江淮，鳩集典墳，特置學官，濱秦淮開國子監。復有廬山國學，
> 其徒各不下數百，所統州縣往往有學。方是時，廢君如吳越弒主，如南漢
> 叛親，如閩、楚亂臣賊子無國無之，唯南唐兄弟輯睦，君臣奠位，監於他
> 國最爲無事，此亦好儒之效也。〔註27〕

由此可知，徐鍇雖然處在一個混亂的時代，但南唐上達帝王之家，下抵平民百姓
〔註28〕，都具有愛好文學和勤於讀書的習性。所以，南唐的學術環境在五代十國中，

〔註24〕請參見四庫本第四六五冊吳任臣《十國春秋》卷十五第 152 頁。
〔註25〕請參見四庫本第一〇三五冊劉崇遠《金華子雜編》卷上第 824 頁。
〔註26〕請參見四庫本第四六四冊馬令《南唐書·儒者傳》卷十三第 310 頁。
〔註27〕請參見四庫本第四六四冊馬令《南唐書·歸明傳》卷二十三第 354 頁。
〔註28〕據《十國春秋》卷十六第 153 頁中說，元宗璟「風度高秀，工屬文」，而卷十七第 170
　　　頁中又說後主煜也是「性雅，善屬文，工書畫」。此外，陳安仁《中國上古中古文化

可說是得天獨厚的。

三、作者的著作內容簡述

《宋史・藝文志》中記載：徐鍇的著作有《說文解字繫傳》四十卷，又《說文解字韻譜》十卷；《說文解字通釋》四十卷；《登科記》十五卷；《方輿記》一百三十卷；《歲時廣記》一百二十卷（內八卷闕）；《射書》十五卷；《徐鍇集》十五卷；《賦苑》二百卷、〈目〉一卷。其中《說文解字通釋》四十卷據現今的考證即是《說文解字繫傳》四十卷。另外，在《通志・藝文略》中還有《歷代年譜》一卷；《問政先生聶君傳》一卷。而《補五代史・藝文志》中也記載有《古今國典》一百卷；《廣類賦》二十五卷。

除了以上這些史籍中的記載外，在馬令的《南唐書》和陸游的《南唐書》中也都有一些關於徐鍇著作的敘述〔註29〕。因此，徐鍇的著作在量的方面並不算少，而且範疇也極爲廣泛。只可惜徐鍇逝世不久，江南就淪爲戰場，基於「傳家之寶不予敵人」的心理，南唐宮中典籍都被焚燬，如陳伯雨編輯的《金陵通記》中便記載了當時的情形：

> 宮中圖籍萬卷，保儀黃氏掌之，城將陷，國主謂之曰：「此皆先帝所寶，城若不守，汝即焚之，毋爲他人所得。」又淨德院尼八十餘人皆宮人入道者，國主與之約曰：「如有不虞，宮中舉火爲應，吾與汝輩皆死。」
> 及是，黃氏焚圖籍，諸尼望見煙燄，遂爇積薪自焚死。〔註30〕

所以南唐被滅，徐鍇的遺文也大多散逸，再加上年代既久，本已所剩不多的著作更是寥落無幾了。

以下僅就《說文繫傳》和《說文解字韻譜》二本小學著作，現已失傳的文學著作《徐鍇集》，以及金石作品〈南唐紫極宮石磬銘〉略作介紹。

（一）《說文繫傳》四十卷

《四庫全書總目提要》說：

> 是書凡八篇。首〈通釋〉三十卷，以許愼《說文解字》十五篇，篇析爲二，凡鍇所發明，及徵引經傳者，悉加「臣鍇曰」及「臣鍇按」字以別

史》第七章第469頁中則記載：「南唐民間，私立有白鹿洞書院，亦屬著名」。

〔註29〕如四庫本馬令《南唐書・宗室傳》卷七第283至284頁中說：「齊王景達字子通，烈祖第四子，元宗之母弟也。……爲理嚴察，人多憚之，好神仙脩鍊之事，記事徐鍇獻〈述仙賦〉以諷，遂絕所好。」又卷十三第318頁的〈徐鍇傳〉云：「鍇著〈質論〉十餘篇，後主札批其首，後主文集復命鍇爲序，君臣上下互爲賓飾，儒者榮之。」

〔註30〕請參見《金陵通記》卷十第16頁。

之。繼以〈部敘〉二卷、〈通論〉三卷、〈袪妄〉、〈類聚〉、〈錯綜〉、〈疑義〉、〈系述〉各一卷。〈袪妄〉斥李陽冰臆說。〈疑義〉舉《說文》偏旁所有而闕其字，及篆體筆畫相承小異者。〈部敘〉擬《易‧序卦傳》，以明《說文》五百四十部先後之次。〈類聚〉則舉字之相比為義者，如一、二、三、四之類。〈錯綜〉則旁推六書之旨，通諸人事，以盡其意。終以〈系述〉，則猶《史記》之自敘也。〔註31〕

《四庫提要》這段話將《說文繫傳》的內容詮釋得極為清晰，並且也敘述了徐鍇撰作各卷的用意。此外，有關《說文繫傳》結銜的問題，錢曾在《讀書敏求記》中表示：

簡端題云文林郎守秘書省校書郎臣徐鍇傳釋。蓋楚金仕江左，是書曾經進覽，故結銜如此。〔註32〕

而王獻唐〈說文繫傳三家校語抉錄〉則認為：

徐楚金《說文繫傳》四十卷作於南唐後主之時，時為文林郎守秘書省校書郎〔註33〕，書內每稱臣鍇云云，當是奉敕之作，與大徐之校《說文》正同。（《讀書敏求記》以原書結銜，謂曾經進覽。進覽之書，不必於文內稱臣。又據承培元等校勘記，楚當時即未脫稿，果未脫稿，即不能進覽，故斷為奉敕之作。）楚金卒於開寶七年七月，金陵正被宋兵圍困，其時《繫傳》底稿或藏秘書省內，南唐亡後，宋廷收入三館。〔註34〕

假如根據以上二人所言，個人認為王獻唐的說法是比較合理的。因為如果《說文繫傳》僅供進覽，那麼就不須在文中稱「臣鍇曰」或「臣鍇按」。而且，徐鍇在〈袪妄〉卷末也說：

陛下神袿勝氣，獨冠皇流，多才多藝，俯弘小學，……臣亦何者而不上其所見哉？〔註35〕

可見當時的帝王也注意到小學的發展，因此《說文繫傳》應是奉敕所撰的著作，只因為完成時，南唐國勢已弱，並且徐鍇本身也在圍城的劫難中病死，所以《說文繫傳》才泯沒不彰。

〔註31〕請參見《四庫全書總目提要》小學類二第 850 至 851 頁。
〔註32〕請參見《讀書敏求記校証》卷一之下第 199 頁。
〔註33〕根據陸游《南唐書‧徐鍇傳》卷五第 412 頁中記載，徐鍇在分司東都隔年，就被召回當虞部員外郎，且保大十四年丙辰任屯田郎中知制誥。乾德五年丁卯，後主「命兩省侍郎、諫議、給事中、中書舍人、集賢勤政殿學士更直光政殿，召對咨訪，率至夜分。」其中有徐鍇在內。開寶五年壬申，南唐改官名，徐鍇官拜右內史舍人。因此，後主時並沒有徐鍇為校書郎的記載。
〔註34〕請參見《說文解字詁林》前編上「敘跋類二」第 159 頁。
〔註35〕請參見祁刊本《說文繫傳》卷三十六第 1309 頁。

（二）《說文解字篆韻譜》十卷

《說文解字篆韻譜》的異名很多，陳振孫《直齋書錄解題》稱爲《說文韻譜》；尤袤《遂初堂書目》稱爲《說文篆韻》；晁公武《郡齋讀書志》稱爲《篆韻》，是徐鉉爲校書時便於檢閱而要求徐鍇作的，而且到了宋代徐鉉還親自將它鏤板行世，名爲《說文解字韻譜》。〔註36〕

至於它的撰作原因，根據徐鉉《說文解字韻譜・前序》所說，共有三點：一、保存篆籀的正體；二、矯正習俗對古義詮釋上的謬誤；三、便於檢閱《說文》〔註37〕。其中尤以第三點最爲重要，因爲徐鉉在《說文解字韻譜・前序》中說：

> 方今許、李之書僅存於世，學者殊寡，舊章罕存。秉筆操觚，要資檢閱，而偏旁奧密，不可意知，尋求一字，往往終卷，力省功倍，思得其宜。舍弟鍇特善小學，因命取叔重所記，以《切韻》次之，聲韻區分，開卷可睹。鍇又集《通釋》四十篇，考先賢之微言，暢許氏之玄旨，正陽冰之新義，折流俗之異端，文字之學，善矣盡矣。今此書止欲便於檢討，無恤其他，故聊存詁訓，以爲別識，其餘敷演，有《通釋》焉。〔註38〕

因此，《說文解字韻譜》用聲韻區分只是爲了便於檢討，有關字義的詳解，則記載在《說文繫傳》中。所以《說文解字韻譜》可說是檢閱《說文》的工具書，而不是一本完整的字典。

至於《說文解字韻譜》所用的是誰的《切韻》，也有三種說法：

1. 李舟《切韻》

最初有人根據徐鉉《說文解字韻譜・後序》中說的「《韻譜》既成，今承詔校定《說文》，又得李舟所著《切韻》，殊有補益」而認爲《說文解字韻譜》用的是李舟《切韻》。後經翁方綱、馮桂芬等多位學者的考證，認爲《說文解字韻譜》有十卷本和五卷本，五卷本是徐鉉依李舟《切韻》修改的，而十卷本才是徐鍇原書。至於徐鍇十卷本所用的《切韻》，則有陸法言《切韻》和孫愐《唐韻》兩種說法。

2. 陸法言的《切韻》

主張「《說文解字韻譜》是依陸法言《切韻》而作」的學者，以馮桂芬爲代表，他在《說文韻譜・序》說：

〔註36〕《說文解字篆韻譜》的異名很多，所以，不論本文引述時是用《說文韻譜》、《說文篆韻》、《篆韻》或《說文解字韻譜》，都是指《說文解字篆韻譜》這本書。

〔註37〕請參見王勝昌《說文篆韻譜之源流及其音系之研究》第三章第69至70頁。

〔註38〕請參見《說文解字詁林》前編上「敍跋類十一」第468頁。

函海本所用《切韻》為李舟《切韻》，校定《說文》始得之，非楚金所及見。而楚金書所謂『以《切韻》次之』者，則陸法言《切韻》也。何以言之？《文獻通考》載李燾《五音韻譜序》云：唐天寶末，孫愐刊正隋陸法言《切韻》，別為《唐韻》，本朝大中祥符元年改名《廣韻》，錯修《韻譜》因之，其言頗不分明。大中祥符元年上距開寶八年已三十有四年，不得云：錯因《廣韻》。又鉉於《說文序》明言『以孫愐音切為定』，於此《序》明言『以《切韻》次之』判然不同，又不得謂錯因《唐韻》。以意揣之，所謂因者仍指《切韻》言，特詞不達耳，此一證也。又鶴山所引杉、黐二字陸與齊同者，此本正與齊同，又一證也。《四庫提要》云：所謂『以《切韻》次之』者，當即陸法言《切韻》，即《唐韻》、《廣韻》所因。其時未見宋本，《韻譜》已有，是說又一證也。然則此本之為楚金原書，所用之韻為陸法言《切韻》更無疑義。〔註39〕

3. 孫愐的《唐韻》

「《說文解字韻譜》是依孫愐《唐韻》所作」的看法，最初是由翁方綱和王筠提出的，到了王國維〈書小徐《說文解字篆韻譜》後〉中，則更精確地從聲韻的角度來證明這個看法。他說：

馮敬亭跋十卷本，言之極為精詳，惟以譜中無杉韻，而黐字在齊韻末，謂此譜即用陸法言《切韻》，則恐不然。陸韻恭、蚣、縱諸字皆在東韻，孫愐改入鍾韻，今小徐譜中恭、蚣二字皆在鍾韻，縱字在用韻（用為鍾之去），即用孫說，是所據者非陸韻明矣。〔註40〕

而張世祿更補充了「上聲無儼韻，去聲無釅韻，也和《唐韻》殘卷同」的理由來證明「《說文解字韻譜》是依孫愐《唐韻》所作」〔註41〕。

上列的說法，以第三派的論證最為精詳，因此，《說文解字韻譜》原本所用的《切韻》應該是指孫愐的《唐韻》。

（三）《徐鍇集》十卷

鄭樵《通志》和《崇文總目》中都記載著《徐鍇集》十卷。但到了晁公武《郡齋讀書志》以後，《徐鍇集》的記載就不見了，而且此後的《遂初堂書目》、《直齋書錄解題》和《四庫全書總目題要》等目錄中，也都沒有《徐鍇集》的書目。如今徐鍇的文章已不多見，只散錄在《全唐文》、《全唐詩》和《騎省集》中。

〔註39〕請參見《說文解字詁林》前編上「敘跋類十一」第469至470頁。
〔註40〕請參見《觀堂集林》卷八第372頁。
〔註41〕請參見張世祿《中國音韻學史》第211頁。

（四）〈南唐紫極宮石磬銘〉

趙明誠《金石錄》卷十第一千九百九十五錄中題著：「徐鍇撰并小篆書」。在這個碑上並沒有記載年月。

第三節　《說文繫傳》版本與流傳述要

一、版本源流的梗概

（一）名稱問題

關於《說文繫傳》的名稱，《宋史・藝文志》中說：「徐鍇著有《說文解字繫傳》四十卷、《說文解字韻譜》十卷、《說文解字通釋》四十卷」，而吳任臣《十國春秋》中也說：「著《說文解字繫傳》四十卷、《說文通釋》四十卷」，似乎將《繫傳》和《通釋》列為二本書，後來雖然眾學者都認定它們是同一本書，但書名究竟是《繫傳》或《通釋》則眾說紛紜。王鳴盛在《蛾術編》第十八卷中說：

> 陽冰之後，直至南唐，鉉之弟鍇，始撰《說文通釋》四十卷。內〈繫傳〉三十卷，即將正文十四卷分為二十八，又〈敘目〉二卷。外〈部敘〉二卷，〈通論〉三卷，〈袪妄〉一卷，〈類聚〉一卷，〈錯綜〉一卷，〈疑義〉一卷，〈系述〉一卷，宋人多誤稱全書總名《繫傳》，馬端臨沿之。〔註42〕

王鳴盛認為「〈繫傳〉是篇名，《通釋》才是書名」。但是，李燾和朱文藻卻有不同的看法。李燾《說文解字五音韻譜自序》說：

> 大曆間，李陽冰獨以篆學得名，更刊定《說文》，仍祖叔重，然頗出私意，詆訶許氏，學者恨之。南唐二徐兄弟，實相與反正由舊，故鍇所著書四十篇，總名《繫傳》，蓋尊許氏若經也。〔註43〕

又朱文藻在吳任臣《十國春秋》「著《說文解字繫傳》四十卷、《說文通釋》四十卷」後也下按語說：

> 〈通釋〉即《繫傳》篇名，誤分為二。

所以，基於「尊許氏若經」、「〈通釋〉為篇名」的理由，李燾和朱文藻都認為書名應該用《繫傳》。

對於這兩種不同的說法，在古籍文獻中雖然沒有直接而明確的證據來論斷是非，但根據徐鍇在他的〈系述〉卷中所說，〈通釋〉確實是篇名：

〔註42〕請參見《蛾術編》卷十八〈說文各本異同〉第702頁。
〔註43〕請參見《說文解字詁林》前編上「敘跋類十一」第475頁。

《說文》之學遠矣，時歷九代，年移七百，保氏弛教，學人墜業，聖
人不作，神旨幽沫。故臣附其本書作〈通釋〉第一至三十。〔註44〕

而且，潘美月在《圖書·宋版書的特色》中說：

宋代刻書通行小題（篇名）在上，大題（書名）在下，撰者姓名又在
大題之下，每卷前載列該卷的卷目，下屬正文，又卷末大名往往只間隔正
文一行，與後代刻本不同。〔註45〕

《說文繫傳》中，「通釋」、「部敘」、「通論」、「袪妄」、「類聚」、「錯綜」、「疑義」、「系
述」等題名在上，「繫傳」題名在下，而「繫傳」後面則接著徐鍇、朱翱的官銜名氏，
卷末大名也是和正文間隔一行，這些都和宋版書的特色相同。所以「〈通釋〉是篇名
而《繫傳》是書名」的論點應該是合理的，本文也因此採用《說文繫傳》的名稱。

（二）《說文繫傳》的殘闕情形

宋代是最接近五代十國的朝代，但是，若依據宋代書目的著錄來觀察《說文繫
傳》版本的情形，則可斷定《說文繫傳》這本書的保存，在北宋就已經不是很完整
了。因為《崇文總目》和鄭樵《通志·藝文略》中都記載《說文解字繫傳》三十八
卷，況且宋李燾在〈說文解字五音韻譜自序〉中說：

鉉又為鍇篆曰《說文韻譜》，其書當與《繫傳》並行。今《韻譜》或
刻諸學宮，而《繫傳》訖莫光顯，余蒐訪歲久，僅得其七八闕卷，誤字無
所是正，每用太息。〔註46〕

由此可知，《說文繫傳》在宋孝宗之時就已經殘闕不全。所以《中興館閣書目》、《直
齋書錄解題》等書目中記載：《說文解字繫傳》四十卷，乃是根據「徐鍇在〈系述〉
中已說明《繫傳》有四十卷」而著錄的。朱文藻在《說文繫傳考異前跋》中也說：

再看舊闕二十五、三十共二卷，故鄭氏《通志》、焦氏《經籍志》俱
云：三十八卷。今是書二十五卷，係後人全據徐鉉校定《說文》補入，而
三十卷則詳載鍇傳，又不知何所據以補也。〔註47〕

王應麟在《玉海》引書目說：「今亡第二十五卷。」而見存的南宋刊本殘帙中也有第
三十卷，可見在南宋時《說文繫傳》已補上第三十卷。至於第二十五卷則是後來根
據大徐《說文》第二十五卷摻補的，並不是徐鍇的原作。所以，現在的《說文繫傳》
雖然號稱四十卷，但事實上還是只有三十九卷。

〔註44〕請參見祁刊本《說文繫傳》第四十卷第 1347 頁。
〔註45〕請參見《圖書》第四章第 89 頁。
〔註46〕請參見《說文解字詁林》前編上「敘跋類十一」第 475 頁。
〔註47〕請參見《說文解字詁林》前編上「敘跋類二」第 134 頁。

（三）《說文繫傳》傳本溯源

《說文繫傳》的傳本，若根據書目著錄、現存《繫傳》以及文獻徵引來分析，大致上可以推衍出四大源流：宋刊殘本源流、述古堂本源流、汪刊本源流和祁刊本源流〔註48〕。以下便略述它們流傳的梗概：

1. 宋刊殘本源流

《說文繫傳》十一卷殘本最早出現在黃丕烈的《百宋一廛賦注》中，而汪士鐘的《藝芸書舍》和瞿鏞的《鐵琴銅劍樓》，也都先後藏有這種版本的《繫傳》。清學部圖書館書目載錄的十二卷本，是宋葆淳影汪氏宋鈔本，所以也是屬於宋刊殘本源流中的一種。涵芬樓根據瞿鏞《鐵琴銅劍樓》所藏的十一卷殘本，與述古堂景本一起收入《四部叢刊》。不過，瞿鏞書目中曾詳細記載了宋刊殘本的卷目：

> 今存〈敘目〉一卷，〈通釋〉一卷，〈部敘〉兩卷，〈通論〉三卷，〈袪妄〉一卷，〈類聚〉一卷，〈錯綜〉一卷，〈疑義〉一卷，〈系述〉一卷。

〔註49〕

而《四部叢刊》合印本中卻闕了〈敘目〉一卷。這是現今所存《說文繫傳》最早的刻本，也是顧廣圻、祁寯藻校刊的主要根據。

2. 述古堂本源流

述古堂所藏的《說文繫傳》是據宋本影鈔的。它歷經上海郁泰峰宜稼堂、豐順丁禹生持靜齋，最後轉入吳興張石銘孝廉家。《適園藏書志》和《迸圃善本書目》都曾經記載過這個版本，而民國間涵芬樓也曾經借以影印。黃丕烈《百宋一廛賦注》中說：「又藏虞山錢楚殷家鈔本」，這個鈔本也是同屬於述古堂的系統。

3. 汪刊本源流

汪啓淑校刻《說文繫傳》在乾隆四十七年完成。他在〈校刻說文繫傳跋〉中說：

> 淑慕想有年，幸逢聖朝文治光昭，館開四庫，淑得與諸賢士大夫游。
>
> 獲見《繫傳》稿本，愛而欲廣其傳。因合舊鈔數本，校錄付梓。〔註50〕

因此，汪刊本是結合數種舊鈔本校刻而成。至於汪啓淑所用的舊鈔本，在他的〈校刻說文繫傳跋〉中並沒有說明是那些，不過，根據王獻唐〈說文繫傳三家校語抉錄〉中說：

〔註48〕《說文繫傳》傳本源流的詳細情形請參見張翠雲撰《說文繫傳板本源流考辨》第130至135頁。
〔註49〕請參見《鐵琴銅劍樓藏書目錄》二第405頁。
〔註50〕請參見《說文解字詁林》前編上「敘跋類二」第144頁。

汪氏啓淑刻《說文繫傳》，其篆文皆刻自汲古閣本，多失小徐之舊。

繼又見朱文藻《繫傳考異》，知其篆例之大凡，而闕部闕篆，以及說解中

偽脫，與汪本同。〔註51〕

而翁方綱《復初齋文集》中也提到：

歙人汪秀峰啓淑頗喜刊書，予因勸其出貲刻此書。刻成，汪君欲予附

名於末，予笑而不應也。〔註52〕

所以，汪刊本所謂的「舊鈔數本」，至少包括四庫本、汲古閣本和翁方綱鈔本。

汪刊本是從元明以來第一個雕刊《繫傳》的版本，因此在清代極爲盛行，校汪刊本的學者也很多。乾隆五十九年，石門馬俊良刊刻《龍威秘書》小字本《繫傳》。王筠《說文繫傳校錄‧自敘》中說：

乙未八月在都，借馬氏《龍威秘書》讀之。是書蓋以汪本付刊，而頗

有校正。〔註53〕

除此之外，盧文弨、梁山舟、孫星衍、顧廣圻、桂馥、陳鱣、張成孫等多位學者也都曾校正汪刊本。所以，汪刊本雖然因「校讎不佳，訛漏不足憑」而貶多於褒〔註54〕，但正如翁方綱《復初齋文集》中所說：

蓋以書之體式，則《繫傳》不爲完書，可以不刻。然而小徐不可復作，

安所得宋以前江左完足之寫本而後刻之？且其中爲後人所移竄之處，讀是

書者必非童蒙無識者，無難辨之。則與其日久湮沒不傳，自不若如就今宋

殘闕之本，刻以傳之。〔註55〕

汪刊本自有它保存舊有版本和推廣《繫傳》刊刻風氣的存在價值。

4. 祁刊本源流

汪啓淑和馬俊良等雖然先後刊刻《繫傳》，但是內容偽脫錯亂，閱讀起來很辛苦。所以，祁寯藻便在道光十九年到江蘇視察的時候，向李兆洛借顧廣圻影宋鈔足本，並參校汪士鐘所藏的南宋殘帙，撰寫開雕。祁刊本完成後，眾學者都奉爲圭臬，像徐灝《說文繫傳‧跋》裡就稱讚祁刊本「誠善本也」，而楊紹和《楹書隅錄》中也說：

〔註51〕請參見《說文解字詁林》前編上「敘跋類二」第183頁。

〔註52〕請參見《復初齋文集》說文六。

〔註53〕請參見《說文解字詁林》前編上「敘跋類二」第138頁。

〔註54〕如黃丕烈撰《百宋一廛注》中就批評汪刊本說：「今歙人有刊行之者，正文尚脫落數

百字，又經不學之徒以大徐本點竄殆遍，眞有不如不刻之歎。」而徐灝及李富孫在

所寫的《說文繫傳‧跋》裡，也有「脫誤極多」、「奪落謬誤，不可枚舉」的微詞。

〔註55〕請參見《復初齋文集》說文六。

　　壽陽相國春圃年丈，督學江蘇時，假潤籛居士影宋鈔本，並黃蕘翁所

藏宋槧殘本，重加校刻。於是，學者於楚金之書，始獲見眞面目矣！〔註56〕

甚至王筠也在《說文繫傳校錄・自敘》中命祁刻本爲「眞宋本」。可見祁刻本在當時

便受到許多學者的稱譽和重視，因此，如《小學彙函》本、姚覲元刊本、吳寶恕刊

本、江蘇書局刊本等，都是祁刊本系統的版本。

二、流傳不盛的原因

　　於陸游《南唐書・徐鍇傳》中曾說：徐鍇「少精小學，故所讎書尤審諦」，「江

南藏書之盛爲天下冠，鍇力居多」，因此徐鍇在小學方面的成就是極爲卓著的，可是

徐鍇所撰的《說文繫傳》卻不能實至名歸地受到重視，實在是令人感到遺憾！今探

究《說文繫傳》流傳不盛的原因，主要有下列三點：

（一）大徐本《說文》的奉敕編纂，降低了《說文繫傳》的重要性

　　陳振孫在《直齋書錄解題》中曾說：

　　　　鍇至集賢學士右內史舍人，不及歸朝而卒，鍇與兄齊名，或且過之。

　　而鉉歸朝通顯，故名出鍇上。〔註57〕

而根據吳任臣《十國春秋・徐鍇傳》的記載：

　　　　先是宋師伐江南，金陵將陷，有夢四角女子行空，以巨簁簸物散落如

　　　　豆，著地皆成人，或問之，對曰：「此當死於難者。」後見一金紫貴人墜

　　　　地，云：「此徐舍人也。」既寤異之，及旦則聞鍇死矣！〔註58〕

徐鍇在當時雖然和兄徐鉉齊名，甚至在小學方面的成就還超過徐鉉，但或許是天

命如此，由於《說文繫傳》還來不及刊刻廣行，南唐國勢就日趨衰亡，徐鍇也在

圍城的劫難中憂心而死，反倒是徐鉉因入宋編纂《說文》而揚名，這種情景完全

和徐鍇死前的夢境相符。而徐鉉編纂《說文》時，間或引用了徐鍇《說文繫傳》

的說法，雖然這使得徐鍇因此名見典籍，不過也同時使《說文繫傳》淪爲大徐本

《說文》的附庸。

（二）《說文繫傳》本身被發現時已經殘闕不全

　　由於《說文繫傳》未及刻諸學官，徐鍇就遭到國破身亡的厄運，所以《說文繫

傳》一直被放置在秘書省的書庫中，歷經天災人禍，等到學者注意到它時，原書已

殘破不堪，如尤袤《說文繫傳・原跋》中所題：

〔註56〕請參見《說文繫傳板本源流考辨》第 26 頁引《楹書隅錄》卷一所說。

〔註57〕請參見《直齋書錄解題》第 475 頁。

〔註58〕請參見四庫本第四六五冊吳任臣《十國春秋》卷二十八第 267 頁。

余暇日整比三館亂書，得南唐徐楚金《說文繫傳》，愛其博洽有根據，而一半斷爛不可讀。〔註59〕

祁寯藻《重刊影宋本說文繫傳・敘》說：

> 我國家昌明儒術，同文之盛，遠邁前代，士子知從聲音文字訓詁以講求義理，《說文》之書，幾于家置一編，然多大徐本也。小徐《繫傳》唯歙汪氏刻有大字本，石門馬氏刻有袖珍本，僞脫錯亂，厥失維均，閱者苦之。〔註60〕

大徐的《說文》和小徐的《說文繫傳》都是詁訓許慎《說文解字》的，它們的性質可說是極爲相近，何況翁方綱也有「不爲完書，可以不刻」的說法，因此相對於大徐本《說文》的完整易讀而言，小徐本《說文繫傳》的斷簡殘篇自然就容易受到摒棄了。

（三）徐鍇沒有傳承衣缽的子嗣或門生

根據史籍的記載，徐鍇從小就生長在一個以書香傳家的環境裡，而父親也是風度淹雅的學者。這樣的家學淵源傳到徐氏兄弟，卻遇上了後繼無人的困境。毛先舒纂《南唐拾遺記》中記載：

> 鉉無子，其弟鍇有後，居金陵攝山前，開茶肆，號徐十郎，有鉉、鍇詰敕，備存甚多。〔註61〕

由於徐鉉唯一的兒子早逝，而徐鍇的兒子又從商做買賣，雖然儲存了不少鉉、鍇的詰敕，但也不會將它們整理刊行。所以，他們的子息都無法承繼徐氏兄弟的志業，並予以發揚光大。再加上徐鍇的「死不逢時」，就更使得《說文繫傳》泯沒不彰了。就如子容在。《說文繫傳・原跋》中所說：

> ……又問予曰：「小徐學問、文章、才敏皆優於其兄，而後人稱美，出其兄下，何耶？」予曰：「信如公言，所以然者，楚金仕江左，少年早卒，鼎臣歸朝，公卿皆與之遊，士大夫從其學者亦眾，宜乎名高一時也。」
>
> 〔註62〕

徐鍇不像兄徐鉉有承詔刊行的完整著作，子嗣又不能「子繼父業」，將徐鍇生前完成而還沒刊行的著作整理出版，這是南唐國破後徐鍇的著作就散佚，而《說文繫傳》也流傳不盛的因素之一。

〔註59〕請參見《說文解字詁林》前編上「敘跋類二」第124頁。
〔註60〕請參見《說文解字詁林》前編上「敘跋類二」第124至125頁。
〔註61〕請參見《書目集成新編》第一一五冊「五代別史類」的《南唐拾遺記》第348頁。
〔註62〕請參見《說文解字詁林》前編上「敘跋類二」第123頁。

第四節　《說文繫傳》反切的探討

　　《說文繫傳》使用的反切是由當時與徐鍇同爲秘書省校書郎的朱翱所撰。如清王盛鳴於《蛾術編》中就說：

　　……翱不知爲何許人，卷首與鍇並列銜稱臣，鍇在前，翱在後，且翱

　　官亦係秘書省校書郎，則其爲與鍇同時同官，同仕南唐無疑。然馬令、陸

　　游《南唐書》皆無其人，即吳任臣《十國春秋》亦無之。〔註63〕

由於史傳中沒有記載任何有關朱翱的事蹟，而且，對於朱翱做《說文繫傳》反切時，所根據的韻書和所屬的音系，也都沒有任何說明，所以古人在談到《說文繫傳》的反切時，大都因爲缺乏確切有力的證明，而只能籠統地敘述。如胡樸在《校補說文解字繫傳・自序》中就僅略爲提到「朱翱反切是屬於後世之音」：

　　小徐《繫傳》發明許義，雖朱翱反切亦用後世之音，而解說形聲多存

　　許君之舊，將欲窺許君之堂奧，必兼資二徐，而核其指歸，則小徐爲勝。

　　〔註64〕

而趙古則的《六書本義凡例》裡雖寫著「今《說文》反切乃朱翱以孫愐《唐韻》所加」，但卻沒有提出他寫這句話的根據。

　　民國以來，部分學者運用比較朱翱反切和其他韻書異同的方法，或者將反切的上、下字加以整理分析，來擬測《說文繫傳》反切的音系。對於《說文繫傳》反切的音系問題，基本上眾學者都認爲「朱翱反切是一種方言」。如張世祿在他的〈朱翱反切考〉中說：

　　朱翱所新易的反切，至少可以認爲是唐五代時某處方音的一種代表。

　　大徐本《說文》所用的孫愐音切，是屬於《切韻》一系的，大都沿襲陸法

　　言的舊制，我們把大徐本的孫愐音切來和小徐本的朱翱音切比較，也可以

　　見得唐五代時一種音讀演變的現象。最值得我們注意的，孫愐音切上輕重

　　唇不分的，朱翱大都加以分別了。〔註65〕

嚴學宭也推測「朱翱反切所依據之普通語言，或即洛陽近傍之一種方言」〔註66〕

　　至於王力先生曾在〈朱翱反切考〉中提出：「從、邪混用，牀、神、禪混用，匣、喻混用，皆與今吳語合」〔註67〕。梅廣和王力的看法相同，認爲朱翱反切可

〔註63〕請參見《蛾術編》卷十八〈反切〉第695頁。
〔註64〕請參見《說文解字詁林》前編上「敘跋類二」第150頁。
〔註65〕請參見《張世祿語言學論文集》第167頁。
〔註66〕請參見《中山大學師範學院》季刊一卷二期第78至80頁。
〔註67〕請參見王力《龍蟲並雕齋》第三冊第254頁。

能屬於「吳語」這種方言〔註68〕。而張慧美撰《朱翱反切新考》中也提出朱翱反切應該是「屬於一種類似吳語的南方方言」的意見〔註69〕。不過，雖然眾學者在「朱翱反切是一種方言」上達成了共識，可是對於朱翱反切的音系卻出現了兩種不同的意見：

一、《說文繫傳》反切不是《切韻》音系而屬於秦音

嚴學宭在〈小徐本《說文》反切之音系〉一文中主張「朱翱反切與秦音慧琳音切相近」，而且也推測朱翱反切「或即洛陽近傍之一種方言」。他解釋說：

> 唐人韻書大致皆祖陸氏《切韻》，孫愐、李舟之作，即其例也。……凡屬《切韻》音系之韻書，自陸氏《切韻》之一百九十三韻至《廣韻》之兩百零六韻，皆是論「南北是非，古今通塞」。然語音隨時而變，由隋至宋，其間不無變易，所以《切韻》時代之實際語音是一回事，《切韻》音系所包含之音系，又是一回事。……今以本篇所得較之，知朱翱反切不合《切韻》音系，而與秦音慧琳音切相近。……惟朱氏究據何種韻書，則成問題。今知朱氏所據，固非《切韻》音系，但必以一種韻書爲本，而以當時最爲流行之普通語音自爲增損。……則朱翱反切所依據之普通語言，或即洛陽近傍之一種方言。〔註70〕

二、《說文繫傳》反切屬於《切韻》音系的吳音

梅廣在《說文繫傳反切的研究》的論文中認爲「朱翱反切的語音系統不合秦音標準，應該和《切韻》一樣是吳語」，他說：

> 唐末研究音韻的學者有所謂秦音、吳音之分。……根據周（法高）先生研究的結果，當時流行於關中的秦音有三特點。（1）侯、尤韻唇音字讀如虞、模；（2）精系字舌尖元音成立；（3）全濁上聲和去聲混。而這三特點大概都是當時吳音（江左之音）所無，而《切韻》恰恰又和秦音不合，故當時人據此三標準說《切韻》是吳音。和《切韻》一樣，《繫傳》的語音系統亦不合於此三標準。《繫傳》反切侯、尤唇音不與虞、模韻混，三等韻精系切語下字亦不自成一類，而上、去聲的分際又同於《切韻》。可見《繫傳》的語言並不屬於關中的秦音。但是唐末吳音範圍必定很廣，而吳音區內亦必有方言的差異。那末《繫傳》的語言，如果眞是吳音，又屬

〔註68〕請參見梅廣《說文繫傳反切的研究》第72至73頁。
〔註69〕請參見張慧美《朱翱反切新考》第七章第331頁。
〔註70〕請參見《中山大學師範學院》季刊一卷二期第78至80頁。

於吳音那一種方言呢？對照現在的方言，它和吳語最爲相像。匣四和喻母混，吳語區域大都如此。〔註71〕

張慧美在《朱翱反切新考》裡，雖不討論朱翱反切是不是屬於《切韻》音系，但也根據她的統計分析而認爲「朱翱反切是屬於南方方言」：

> 由於朱翱反切中（1）尤、侯韻脣音字不是讀如虞、模（2）全濁上聲不變去聲，因此我們可以下結論說朱翱反切不代表秦音。由於朱翱反切和北方的秦音大不相同，因此我們推測朱翱反切是屬於南方方言，其理由如下：
>
> （1）朱翱反切中，牀、禪紐不分，同現在的吳語合。
>
> （2）朱翱反切中，匣、喻紐不分，也與今吳語合。
>
> 可是有一點則與吳語不合。因爲朱翱反切中，從、邪兩紐是不混用的。
>
> 所以很可能有一部分的吳語方言，到了宋初時，從、邪還可分，而從、邪之合，則遠在牀、禪紐之合以後。〔註72〕

有關眾學者對朱翱反切的看法，個人認爲都還有值得參酌的餘地。

首先關於《切韻》音系的問題，有些學者認爲《切韻》是「雜揉古今方國之音」，有些學者則認爲《切韻》代表一時一地的方言。如周法高〈玄應反切考〉一文中認爲「《切韻》音在代表長安音這點上，也有十之八九的準確性」；梅廣則提到「《切韻》恰恰又和秦音不合，故當時人據此三標準說《切韻》是吳音」。長安音和吳音是兩個不同的音系，何以學者在音系的比對上會有這樣的差異呢？答案就在陸法言的《切韻·敘》裡。他說：

> 呂靜《韻集》，夏侯詠《韻略》，陽休之《韻略》，周思言《音韻》，李季節《音譜》，杜臺卿《韻略》等，各有乖互。江東取韻，與河北復殊。因論南北是非，古今通塞。欲更捃選精切，除削疏緩，蕭（該）、顏（之推）多所決定。〔註73〕

由於《切韻》參考了古今南北各類的韻書〔註74〕，再加上與蕭該、顏之推共同的判定，所以它可以較客觀地將古今南北的音韻兼容並蓄，也能比一般韻書不受時代性和地理性的限制。王力在《中國語言學史》中就說：

〔註71〕請參見梅廣《說文繫傳反切的研究》第72至73頁。

〔註72〕請參見張慧美《朱翱反切新考》第七章第330至331頁。

〔註73〕請參見《中國聲韻學通論》第一章第11頁。

〔註74〕林師炯陽在《中國聲韻學通論》第21頁〔註七〕說：「夏侯仕於梁，其韻部之分合，多與吳人或北人仕於梁者之詩文用韻相合，而陽、李、杜三人，並爲河北之儒流，其所立韻部多與夏侯有異，固其宜也。」

陸法言在序裡說明是「論南北是非，古今通塞」，我們就應該把它看
成是兼包古今方國之音，而特別以古音爲準的書。所謂「南北是非」，實
際上是說合於古則「是」，不合於古則「非」，所謂「古今通塞」，實際上
是說合於古則「通」，不合於古則「塞」。……《切韻》所代表的語音系統
比成書時代的語音系統更古，雖然不是一時一地之音，其所反映的語音情
況仍有巨大的參考價值。〔註75〕

《切韻》是一部「論南北是非，古今通塞」的韻書，所以不論以任何南、北音系
的書來和《切韻》比較，都會有部分共同的特質存在。至於《說文繫傳》的朱翱
反切是屬於秦音、吳語方音，或是兼容南北的《切韻》音系呢？李燾在《說文解
字五音韻譜·自序》中曾說，《說文篆韻譜》「當與《繫傳》並行」。既然徐鍇本身
也編寫了一本韻譜，爲什麼徐鍇在《說文繫傳》中不直接用《說文篆韻譜》的孫
愐反切呢？在比較過《說文繫傳》和《說文篆韻譜》的反切上、下字（見附錄），
我們可以發現：

（一）《說文繫傳》和《說文篆韻譜》反切上字的比對方面

在《說文篆韻譜》和《說文繫傳》的切語上字比較中，只有喉音的「匣」、「喻」、
「爲」三紐，孫愐反切有分別，而朱翱反切則不分，顯示朱翱反切確實有受到方音
影響而產生小部分聲紐不分的情形。至於朱翱反切的切語上字遠多過孫愐反切的現
象，正如錢大昕在〈跋徐氏《說文繫傳》〉中所說：

大徐本用孫愐反切，此本則用朱翱反切，音與孫愐同，而切字多異。
孫用類隔者，皆易以音和，翱與小徐同爲秘書省校書郎，姓名之上皆繫以
「臣」字，當亦南唐人也。弟一字下注云：「當許慎時未有反切，故言『讀
若』，此反切皆後人所加，甚爲疏朴，又多脫誤，今皆新易之。」此數語
當出於翱，今繫於「臣鍇注」之下，似失之矣！〔註76〕

若依照錢大昕的考察看來，朱翱反切和孫愐反切所記的音是相類的，不過，由於朱
翱認爲「此反切皆後人所加，甚爲疏朴，又多脫誤」，所以將孫愐反切中類隔的切語，
以當時語言的標準將它們「新易」爲「必與本字同紐同清濁」的音和切〔註77〕，在

〔註75〕 請參見《中國語言學史》第二章第86頁。
〔註76〕 請參見《說文解字詁林》前編上「敍跋類二」第130頁。
〔註77〕 林尹先生在《中國聲韻學通論》第224頁中說：「據上所列，『音和』者，合二字爲一
字之音，其上字必與本字同紐同清濁，其下字必與本字同韻同等呼，此即反切立法
之原理也。至於『類隔』之說，蓋即古今字音變遷之故。古音舌頭舌上，輕脣重脣，
實無區別，後世音變，遂覺不同。故今之所謂『類隔切』者，古人讀之，亦屬『音
和』，非古人作切語，有意立此異說，以困後學也。」

語音由粗轉精的過程中，朱翱反切的切字自然會大量增加了。

（二）在《說文繫傳》和《說文篆韻譜》切語下字的比對方面

　　孫愐反切的韻部分類的情形與《切韻》韻書系統相合；至於朱翱反切，則呈現了較多的合韻現象，如：東冬、支脂之微、佳皆、眞諄臻欣、寒桓、歌戈、陽唐、庚耕、清青、覃談、鹽添、咸銜嚴凡等韻部，都有合韻或部分合韻的現象。陸法言《切韻·敍》中曾經提到：

> 又支脂魚虞，共爲一韻；先仙尤侯，俱論是切。欲廣文路，自可清濁
> 皆通；若賞知音，則須輕重有異。〔註78〕

　　可見陸法言當時，實際語言就已經有合韻的現象。到了唐代詩風鼎盛，初唐文人作詩多依據《切韻》，但由於陸法言作《切韻》的目的在「辨析音韻」，韻部大多「從分不從合」，所以常使詩人苦於用韻。後來，詩人們只好想出「同用」的方式來押韻，同時也促成了用韻的變寬。耿志堅在〈唐代詩人用韻考〉中歸納說：

> 總結唐代詩人之用韻，初唐詩人多延南北朝時期之舊例，或有合用通
> 轉之作，亦不出南北朝詩人用韻之範圍，此時最大之特徵爲支獨用，脂之
> 合用，蒸獨用。盛唐詩人用韻最嚴，韻部通轉之範圍，與《廣韻》同用條
> 例類似，惟欣歸眞諄臻，而非獨用或歸文而已，這個時期旁通鄰韻或擬古
> 之作減少了許多。

> 中唐時期爲唐代各階段之中，用韻變化最大的時期，……貞元以後，
> 各韻部合用通轉之現象增多，範圍更大，如東冬鍾合用，支脂之微合用，
> 魚虞模合用，眞諄臻文合用，寒桓刪山合用，庚耕清清合用，由於經常
> 出現，已經成爲常例。……當然中唐詩人的用韻，必將影響到晚唐以後
> 詩律的再次放寬，以及用韻範圍的再擴大。〔註79〕

而從朱翱反切和孫愐反切韻部分合的差異來看，這種合韻的現象到了五代果然更爲普遍。所以，孫愐反切無疑是偏於韻書系統的，而朱翱反切則在韻書系統下，反映了當時的語音狀況。這或許是徐鍇捨《說文篆韻譜》的孫愐反切而用朱翱反切的部分原因。

　　綜合以上的觀點，個人認爲朱翱應是採用兼容南北的《切韻》韻書系統爲本，並參酌當時的實際語音狀況來做反切，所以似乎不應把它當成一種方言的代表。至於當時的實際語音所用的方言，由於南唐所在位置與吳語區極爲相近，因此，

〔註78〕請參見《中國聲韻學通論》第一章第10至11頁。
〔註79〕請參見《中唐詩人用韻考》總結第167頁。

－25－

個人是比較贊同梅廣和張慧美的看法，認為朱翺參酌的當時實際語音是吳語或近吳語的南方語言。所以，雖然朱翺反切是附屬在字書中，但對官修韻書的歷史，還是具有承先（《切韻》、《唐韻》）啓後（《廣韻》）的貢獻；而且它又適度反應了當代實際的語音狀況，對於喜好研究五代江左方音的學者而言，也可說是一項珍貴的語言材料。

清以來《說文繫傳》版本源流表

〔附註〕原製表人為張翠雲，原表請參見《說文繫傳板本源流考辨》第六章結論第140頁，另「道光十九年祁寯藻刊本」後補入「民國 62 年臺灣中興書局影印本」。

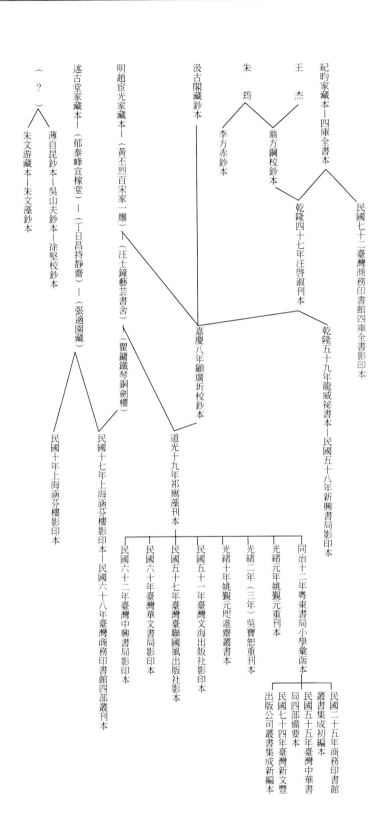

第二章　《說文繫傳》字數、結構與體例的分析

第一節　各卷原載字數與實際字數歧異的原因

　　《說文繫傳》由於年代久遠，流傳又不盛，在歷經改朝換代的變遷後，部數、字數不免有些增益減損。然而，在字卡製作的過程中，個人卻發現部分卷中原載字數與實際字數差距很遠，所以特地重新統計實際字數，將它與各卷中的原載字數做比較，並且同時參酌其他版本﹝註1﹞的原載字數，而做成下列的對照表：

卷　　數	祁刊本		其他版本	備　　註
	原載字數	實際字數		
卷　一	14 部文 274 重 77	10 部文 216 重 27	＊14 部文 674 重 77	＊出自﹝舊鈔本﹞。 ◎徐鍇於「繫傳一」下曰：部數、字數皆仍舊題，今分兩卷。
卷　二	3 部文 465 重 22	4 部文 453 重 37	3 部文 465 重 22	
卷　三	16 部文 692 重 79	16 部文 371 重 33	16 部文 692 重 79	
卷　四	14 部文 326 重 50	14 部文 325 重 53	14 部文 326 重 50	
卷　五	22 部文 633 重 138	22 部文 335 重 56	22 部文 633 重 138	
卷　六	30 部文 300 重 78	31 部文 302 重 97	30 部文 300 重 78	
卷　七	35 部文 640 重 112	23 部文 285 重 55	35 部文 640 重 112	◎其他版本卷八中文與重總字數的地方為空白。
卷　八	21 部文 356 重 59	22 部文 362 重 58	21 部文　　重	

﹝註 1﹞這些版本包括《說文繫傳通釋》四十卷十冊﹝清虞山錢氏述古堂影宋鈔本﹞；《説文解字通釋》四十卷六冊﹝舊鈔本﹞；《說文解字通釋》四十卷十二冊﹝烏絲闌舊鈔本﹞等，除了卷一外，這些版本各卷的原載字數大部分相同，所以合稱「其他版本」。

卷　數	祁刊本		其他版本	備　　註
	原載字數	實際字數		
卷　九	31 部文 816 重 108	31 部文 305 重 54	31 部文 816 重 108	
卷　十	32 部文 223 重 67	32 部文 223 重 70	32 部文 224 重 68	
卷十一	25 部文 753 重 59	3 部文 434 重 39	25 部文 753 重 59	
卷十二	22 部文 324 重 21	22 部文 322 重 21	22 部文 324 重 21	
卷十三	30 部文 703 重 111	33 部文 319 重 59	30 部文 703 重 111	◎卷十四中文與重總字數的地方均爲空白。
卷十四	19 部文　　重	23 部文 390 重 57	19 部文　　重	
卷十五	37 部文 690 重 61	13 部文 286 重 23	37 部文 690 重 61	◎卷十六中文與重總字數的地方均爲空白。
卷十六	23 部文　　重	24 部文 325 重 38	23 部文　　重	
卷十七	26 部文 523 重 63	26 部文 239 重 32	26 部文 523 重 63	◎卷十八中文與重總字數的地方均爲空白。
卷十八	20 部文　　重	20 部文 259 重 33	20 部文　　重	
卷十九	18 部文 820 重 93	19 部文 439 重 52	18 部文 820 重 93	◎其他版本卷二十中文與重總字數的地方爲空白。
卷二十	21 部文 368 重 34	21 部文 369 重 34	21 部文　　重	
卷二十一	3 部文 682 重 64	3 部文 472 重 22	3 部文 495 重 64	◎卷二十二文與重總字數的地方均爲空白。
卷二十二	18 部文　　重	18 部文 216 重 37	18 部文　　重	
卷二十三	12 部文 788 重 80	12 部文 390 重 38	12 部文 788 重 80	◎其他版本卷二十四中文與重總字數的地方爲空白。
卷二十四	24 部文 394 重 41	23 部文 413 重 42	24 部文　　重	
卷二十五	部文　重	12 部文 474 重 74	12 部文 431 重 61	◎祁刊本卷二十五言「以大徐所校定本補之」；其他版本則仍有徐鍇和朱翱的職稱在前。
卷二十六	11 部文 226 重 48	11 部文 226 重 48	11 部文 226 重 46	
卷二十七	9 部文 341 重 24	9 部文 345 重 26	9 部文 602 重 76	◎其他版本卷二十四中文與重總字數的地方爲空白。
卷二十八	42 部文　　重	42 部文 259 重 48	42 部文　　重	

　　從上列的對照表中，我們可以看出《說文繫傳・通釋》各卷原載字數的情形；多半奇數卷的總字數大約是兩卷字數的總和，如：卷三、卷五、卷七……等，符合徐鍇所說「部數、字數皆仍舊題，今分兩卷」的原則，但其中卻又有從分不從合的，如：祁刊本的卷一、二十七等。不過，祁刊本的卷一只有「文」從分，而「重」的部分卻從合，與卷二十七的情形不同。再參酌其他版本字數，則可知卷一的情形應是「二」與「六」兩字的形誤。

　　此外，有關《說文繫傳・通釋》和《說文解字》總計字數比較的問題，許慎在《說文解字・後敘》中曾說：

此十四篇五百四十部也，九千三百五十三「文」，「重」一千一百六十

三，解說凡十三萬三千四百四十一字。

今統計《說文繫傳・通釋》是五百三十九部，比《說文解字》少了一個部首（關於這個問題在本文第四章第三節中將會探討到，此處暫不論述）；在總字數方面，如果依照徐鍇自己統計的是：「文」九千四百八十六，「重」一千二百二十八。但是倘若依照祁刊本實際總字數則是「文」九千三百五十四，「重」一千二百六十三。因此《說文繫傳・通釋》中「文」的總數增益在一至一百三十三字以內，而「重」的部分則在六十五到一百字之間。至於增益字的來源，也許是後人的偽造竄入；也或許是許慎、徐鍇自行增入的；甚至也可能由於數目龐大，許慎、徐鍇在計算字數的時候就已經有了失誤。但畢竟《說文繫傳》和《說文解字》的原本早已殘破亡佚，所以也就無法比對出更精確可信的結果。不過，從這些數字的比對上，還是可以看出「《說文繫傳・通釋》大致與許慎《說文解字》相符」的結果，否則《說文繫傳》和《說文解字》之間，歷經八百多年的更易變遷，文字的增損可能會有更大的差距，而不僅只在一、二百字之內了。

第二節　今本《說文繫傳・通釋》組成結構的分析

徐鍇的《說文繫傳》是一部有註有論的著作，前三十卷總名〈通釋〉，主要是為許慎的《說文解字》做註解；而後十卷分為〈部敘〉、〈通論〉、〈袪妄〉、〈類聚〉、〈錯綜〉、〈疑義〉、〈系述〉等篇章，則可說是徐鍇研究《說文解字》的一些心得。由於〈通釋〉中的前二十八卷是單字的註解，獨立性強，容易有闕漏，而且字數又極為龐大，難免會產生竄偽的情形。當然其中也包括刻書人為求完整性而以大徐本說文補入的。至於後十二卷是較具整合性的字詞詮釋或批評，所以，也就比較少有這種問題。因此，在分析徐鍇撰作《說文繫傳》的體例時，必須先將〈通釋〉前二十八卷的組成結構加以分辨釐清。

祁刊本〈通釋〉前二十八卷共有一萬零七百一十字，其中「文」佔九千三百五十四字，「重文」〔註2〕則有一千二百六十三字。它的組成包括：有僅列出許慎說解，無法判斷是否為〈通釋〉原文的；有明顯為大徐本補入或竄入的；有只加朱翱反切

〔註2〕朱珔《說文》重文考敘中說：「《說文》之有重文也，所以別古文、籀、篆之異體。」不過，細數《說文》的字數，「重文」應該是指《說文》中除「文」以外重複出現的字，包括古文、籀文、奇字、或體、俗體⋯⋯等。朱珔全文請參見《說文解字詁林》前編上敘跋類七第330頁。

而沒有註解的；也有徐鍇自己加註或按語的。以下就一一列舉，分析說明。

一、僅有許慎說解，無法判斷是否屬於小徐本原有的

在〈通釋〉中有些字是只有許慎的說解，而沒有其他注釋或反切的。例如：

〈矢部〉𰯼 篆文「射」從寸。寸，法度也，亦手也。

〈口部〉𧮰 籀文「嗌」字。上象口，下象頸脈理也。

〈艸部〉𤼲 古文「蕢」，象形。《論語》曰：「有荷蕢而過孔氏之門」。

〈鼎部〉𨰻 俗「鼐」，從金茲聲。

〈而部〉𦓐 或從寸，諸法度字從寸。

〈豆部〉桓 木豆謂之桓，從木豆。

〈八部〉𠫬 二余也，讀與余同。

〈邑部〉𠯑 從反邑，𨛜字從此，闕。

這類的字在〈通釋〉中有九百三十七字，佔總數的百分之八點七五。其中除了上列最後的「桓」「𠫬」「𠯑」三個字外，其餘都屬於重文，所以這類的字在重文總數中所佔的比率高達百分之七十四點一九，即使有徐鍇註解的重文，也大多是解釋單字的形、音、義、六書歸屬及用法舉例等。例如：

〈甲部〉𢎥 古文「甲」始一見於十歲成於木之象。臣鍇曰：「甲，一也。甲乙為斡，其數十成於東方，人象木也。」

〈勿部〉𣃟 或從㫃作。臣鍇曰：「㫃，旌旗，故從㫃音偃。」

〈畫部〉劃 亦古文「畫」。臣鍇曰：「刀所以割制之也。」

〈言部〉譮 籀文「話」從言會。臣鍇曰：「會意也。」

〈角部〉鐎 「觲」或從金喬。臣鍇曰：「莊子曰：『胠篋者唯恐扃鐍縅縢之不固。』扃鐍，箱前瑣處。」

以上「甲」的註解是釋字形，「㫃」的註解是釋字音，「畫」的註解是釋字義，「譮」的註解是釋六書歸屬，「鐎」的註解是用法舉例。這種現象顯示，徐鍇在當時尚未注意到異體的來源問題，而古文、籀文、奇字等古文字的研究，也還沒有受到重視。

二、是據大徐本補入或竄入的

在〈通釋〉中有一些字很明顯的是據大徐本竄入或後人補入的。最明顯的是第二十五卷，因為在二十五卷卷名下有附註說：

> 宋王伯厚《玉海》云：「《繫傳》舊缺二十五卷。今宋鈔本以大徐所校
> 定本補之。」

至於其餘各卷，也或多或少摻雜了大徐本的註解，〈四庫提要〉中說：

> 考鉉書用孫愐《唐韻》，而鍇書則朝散大夫行祕書省校書郎朱翱別為
> 反切。鉉書稱某某切，而鍇書稱反。今書內音切，與鉉書無異者，其訓釋
> 亦必無異，其移掇之跡，顯然可見。

今經過比對後，《四庫全書總目提要》的說法的確可信，因此依照「鉉書稱某某切，
而鍇書稱反」的標準來判定，將大徐本補入或竄入的字從〈通釋〉中分出來，一共
得到六百八十七字，佔總數的百分之六點四二。而這些補入或竄入的字中，有的僅
有許慎說解，有的是加上孫愐反切，有的則有徐鉉或後人引徐鉉註解的。此外，還
有大徐本引徐鍇註解的：

（一）僅有許慎說解的

在〈通釋〉中的第二十五卷，可確定是大徐本補入，其中僅有許慎說解的共有
六十六字，而且全部是重文。例如：

〈系部〉𢇍 古文「絕」象不連體絕二絲。

〈虫部〉𧍝 籀文從「虹」從申。申，電也。

〈蚰部〉𣛧 「蠱」或從木象蟲在木中形，譚長說。

〈蟲部〉蟊 古文「蝥」從虫從牟。

〈黽部〉鼀 篆文從㠯。

（二）加上孫愐反切的

這類字共有五百五十二字，除許慎的說解外，最後還加上孫愐的音切（即「某
某切」）。例如：

〈酉部〉醆 爵也，一曰：酒濁而微清也。從酉戔聲。阻限切。

〈疒部〉瘹 酸瘹頭痛。從疒肖聲。《周禮》曰：春時有瘹首疾。相邀切。

〈示部〉祇 地祇，提出萬物者也。從示氏聲。巨支切。

〈匕部〉匕 相與比敘也。從反人，匕亦所以用比取飯，一名柶。凡匕之屬皆
從匕。卑履切。

〈風部〉颺 風所飛揚也。從風易聲。與章切。

另外，在〈示部〉最後有「祧」、「祆」、「祚」三字，《說文二徐異訓辨》中說：

> 鉉校《說文》，在鍇亡後，《繫傳》附部末，確為後人竄入。

這類字包括了部分大徐本的新附字，所以，雖然其中沒有註解，但也能判斷它們是據大徐本補入或竄入的。

（三）附徐鉉或後人註解的

在〈通釋〉中，有部分字的註解出現「臣鉉等曰」、「巨鉉等按」、「臣次立按徐鉉曰」、「次立曰」或「次立按」的，明顯表示這些註解不是《說文繫傳》原有的〔註3〕。這類字較少，共有五十九字。例如：

〈豕部〉豪 豕怒毛堅，一曰：殘艾也。從豕辛。臣鉉等曰：「從辛未詳。」魚既切。

〈人部〉佗 負何也。從人它聲。臣鉉等按：史記匈奴奇畜有橐佗。今俗偽誤，謂之「駱駝」，非是。徒何切。

〈女部〉妻 ……臣次立按徐鉉曰：「屮，進也，齊之義也。」

〈鼓部〉鼖 ……臣次立曰：「當從《說文》云：鼓賁聲。」

〈艸部〉藍 ……臣次立按：「前已有藍注云：染青艸也。此文當從艸濫聲，傳寫之誤也。」

（四）有大徐本引徐鍇註解的

這類字在〈通釋〉中最少，只有八個字，其中四個字是在補入的第二十五卷裡，另外四個字中，則有兩個字是張次立說大徐本引「徐鍇曰」的：

〈糸部〉糸 細絲也，……徐鍇曰：「一蠶所吐為忽，十忽為絲。糸，五忽也。」莫狄切。

〈糸部〉綏 車中把也。從糸從妥。徐鍇曰：「禮升車必正立執綏，所以安也，當從爪從安省。《說文》無妥字。」息遺切。

〈虫部〉強 蚚也，從虫弘聲。徐鍇曰：「弘與強聲不相近，秦刻石文從口，疑從籀文省。」巨良切。

〈蟲部〉蠹 蟲食艸根者，……徐鍇曰：「唯此一字象蟲形，不從矛，書者多誤。」莫浮切。

〈車部〉軸 持輪也，……臣次立按：「《說文》引徐鍇曰：當從胄省。」

〔註3〕根據本師孔仲溫先生《類篇研究》第一章第 18 頁中說：「至於張次立，雖史無傳，然於《類篇》之成書，斯人應有大功。檢諸《蘇魏公文集》三十卷，蘇頌於神宗初任知制誥所撰制語，有屯田郎中張次立可都官郎中一則。」蘇頌這則制語中，多嘉勉張次立校編字書的辛勞，所以，《說文繫傳》中的「臣次立」與編《類篇》的張次立應是同一人。

三、有朱翱反切或鍇註，應是小徐本中原有的

（一）加朱翱反切的

在〈通釋〉中，僅加朱翱反切而徐鍇未附註解的字共有三千六百七十五字，佔總數的百分之三十四點三一。例如：

〈馬部〉騜 馬行疾來貌。從馬兌聲。《詩》曰：昆夷駾矣！吐外反。

〈穴部〉突 空也。從穴乙聲。鬱八反。

〈木部〉橃 海中大船。從木撥省聲。扶月反。

〈且部〉且 薦也。從几有二橫，一其下地。凡且之屬皆從且。七賈反。

〈口部〉嘯 吹也。從口肅聲。息叫反。

（二）附徐鍇註解的

《四庫全書總目提要》中說〈通釋〉：

> ……以許慎《說文解字》十五篇，篇析爲二，凡鍇所發明及徵引經傳者，悉加「臣鍇曰」及「臣鍇按」字以別之。〔註4〕

這類字在〈通釋〉中共有五千四百一十六字，佔總數的百分之五十點五七。例如：

〈艸部〉薺 疾藜也。……臣鍇曰：「此今藥家所用疾藜也。今人以此字爲薺菜。」疾咨反。

〈竹部〉篆 引書也。從竹象聲。臣鍇曰：「篆書著於竹。竹，箋簡也。」直選反。

〈鼠部〉鼫 五技鼠也。……臣鍇曰：「按古今注以爲今螻蛄也。」神隻反。

〈只部〉只 語已詞也。……臣鍇按：「《詩》曰：『母也天只，不諒人只』。是只爲語已詞也。八，气下引也。今試言只，則气下引也。」眞彼反。

〈大部〉夸 奢也。從大于聲。臣鍇按：「《老子》曰：服文采，帶利劍，是謂盜夸。」苦瓜反。

從以上《說文繫傳·通釋》組成結構的分析中，我們可以看出：在總計一萬零七百一十字中，有九千零九十一字應是徐鍇《說文繫傳·通釋》中原有的，這些字約佔總數的百分之八十四點八八，也就是說原本的《說文繫傳·通釋》還有五分之四強保存下來，使我們得以窺見小徐本的眞實概況。此外，在《說文繫傳·通釋》的字裡，附有徐鍇註解的共有五千四百三十一字〔註5〕，因此，在以下的第三、四

〔註4〕請參見《四庫全書總目提要》經部小學類二第850頁。
〔註5〕這些字中，應是小徐原本的有五千四百一十六字，另外還加上雖爲大徐本補入或竄入，但確有徐鍇註解的十五字，所以共計五千四百三十一字。

節中，個人將針對〈通釋〉與其他卷中的徐鍇註解來分析《說文繫傳》的體例，包括徐鍇稱人引書以及註解模式等的情形。

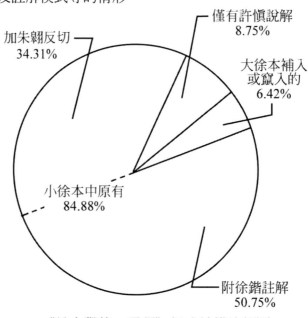

《說文繫傳・通釋》組成結構比例圖

第三節　徐鍇註解型式的分類與舉例

徐鍇《說文繫傳・通釋》的撰寫方法有一定的模式：首先列出《說文》的篆體和許慎的說解，然後附上自己的註解，最後再加入朱翱的反切。例如：

〈見部〉靚　召。從見青聲。（《說文》說解）臣鍇曰：「亦用爲淨。〈甘泉賦〉曰：稍暗而靚深也。」（鍇註）從姓反。（朱翱反切）

〈足部〉蹴　躡也。從足就聲。（《說文》說解）臣鍇按：「張衡〈南都賦〉曰：排揵限局，蹴蹋威陽。」（鍇註）晉竹反。（朱翱反切）

以下便藉由對徐鍇註解的歸類，來分析註解內容的類型；並且從常用術語的歸類中，來瞭解徐鍇訓詁的方式。

一、內容的類型與舉例

（一）解釋字形意義

〈刃部〉刅　傷也。從刃從一。臣鍇曰：「一，刃所傷。指事也。」楚霜反。

〈禸部〉禺　母猴屬。頭似鬼。從禸從内。臣鍇曰：「内，禽獸跡也。」疑預反。

〈内部〉🦌 走獸總名也。頭象形，從内今聲。禽、离兒頭相似。臣鍇曰：「凶，頭象也。」巨任反。

（二）說明字音變遷

〈人部〉儔 翳也。從人壽聲。臣鍇曰：「儔古與翿同義，隱翳也。今人音稠，匹儷也。」陳收反。

〈火部〉爇 火所傷也。從火龘聲。臣鍇曰：「龘音雜，旁紐，所謂古字音與今小異。」煎昭反。

〈邑部〉郿 周文王所封……臣鍇按：「顏之推《家訓》本音『奇』，後人始音『抵』也。」巨伊反。

（三）舉出今古字

〈心部〉慇 痛也。從心殷聲。臣鍇按：「《詩》曰：『憂心慇慇』本作此字。」意斤反。

〈晶部〉鼉 呼也。從晶莧聲。讀若讙。臣鍇曰：「今俗作喧字。」呼寬反。

〈黑部〉黱 畫眉墨也。從黑朕聲。臣鍇按：「古人云：衛之處子粉白黱黑，今俗作黛字。」徒再反。

（四）闡發字詞義理

〈豸部〉豸 獸長脊行豸豸然，欲有所伺殺形。凡豸之屬皆從豸。臣鍇曰：「豸豸，背隆長貌。欲有所伺殺，謂其行綴也。」池倚反。

〈豕部〉豷 豕，息也。從豕壹聲。《春秋傳》曰：「生敖及豷。」臣鍇曰：「息，喘息也。」許位反。

〈並部〉暜 廢一偏下也。從並白聲。臣鍇曰：「並立而一下也。白音自。」他計反。

（五）註明字詞出處

〈艸部〉茀 道多艸不可行。從艸弗聲。臣鍇按：「《國語》曰：『陳道茀不可行也。』」分勿反。

〈言部〉諼 詐也。從言爰聲。臣鍇按：「《詩》曰：『有斐君子，終不可諼兮。』」吁袁反。

〈衣部〉褆 衣厚褆褆。從衣是聲。臣鍇按：「《詩》曰：『好人褆褆。』」敵圭反。

（六）詮釋各類名物

1. 釋人文器物

〈米部〉粉 傳面者。從米分聲。臣鍇按：「《周禮》：饋食有粉餈，米粉也。故《齊民要術》有傳面英粉，漬粉爲之也。又紅染之爲紅粉，燒鉛爲粉始自夏桀也。」弗吻反。

〈耒部〉耦 耒廣五寸爲伐，二伐爲耦。從耒禺聲。臣鍇曰：「古二人共一垡，故曰：長沮桀溺耦而耕。」五斗反。

〈貝部〉賏 頸飾也。從二貝。臣鍇曰：「蠻夷連貝爲纓絡是也，嬰字從此。」史成反，又一盈反。

〈又部〉度 法制。從又庶省聲。臣鍇曰：「布指知尺，舒肱知尋，故從手。」特路反。

2. 釋天文地理

〈水部〉淦 水入船中也。從水金聲。一曰：汎也。臣鍇按：「《漢書》：淦水出豫章新淦西入湖。」溝暗反。

〈鹽部〉鹺 古河東鹽池……臣鍇按：「今靈慶也。」昆睹反。

〈雨部〉霆 雷餘聲也。……臣鍇按：「陰陽相薄而爲雷，激而爲霆，霹歷也。」田丁反。

〈氐部〉氐 至也。本也。從氏下箸一。一，地也。凡氐之屬皆從氏。臣鍇按：「天根氐也，指事。」的齊反。

3. 釋草木山丘

〈艸部〉葟 艸也。從艸是。臣鍇按：「即今之知母。」是支反。

〈黍部〉黏 從黍尼聲。臣鍇按：「黐有樹出之如漆，可以黏蟬雀。黍亦黏物也。」勅其反。

〈自部〉餤 水自也。從自辰聲。臣鍇曰：「若潯岸也。」是倫反。

〈山部〉岱 太山也。從山代聲。臣鍇按：「《白虎通》：東山，萬物更代之處也。」徒再反。

4. 釋鳥獸蟲魚

〈魚部〉鱺 魚也。一曰「鯉」，一名「鰜」。從魚婁聲。臣鍇按：「亦比目魚也。」力殊反。

〈豕部〉豯 生三月豚腹豯豯貌也。從豕奚聲。臣鍇曰：「奚，腹大。」賢迷反。

〈鳥部〉鷯 刀鷯剖葦食其中蟲。從鳥尞聲。臣鍇按：「《爾雅》一名剖葦食其

中蟲，江東呼蘆虎虎，絝衣蟲也。」令昭反。

〈虍部〉 騶虞也。……臣鍇按：「《六韜》、《博物志》：林氏國之珍獸也。」元無反。

（七）糾正故訓失誤

〈示部〉 大合祭先祖親疏遠近也。從示合聲。《周禮》曰：「三歲一祫。」臣鍇詳：「此義則誤多聲字也。」侯夾反。

〈木部〉 楬，桀也。從木曷聲。《春秋傳》曰：「楬而書之。」臣鍇曰：「楬，舉也。《周禮》：『遺物者楬而書之』，此言《春秋傳》寫之誤。」其熱反。

〈耳部〉 耳著頰也。從耳炯省聲。杜林說：「耿，光也。從光聖省聲。」凡言字皆左形右聲，耿光說非是。臣鍇曰：「……今按鳥部多右形左聲，不知此言後人加之邪，將傳寫失之邪。」根杏反。

以上「祫」字徐鍇認為祫應從示合，「楬而書之」出自《周禮》，不是《春秋傳》，而「耿」字下註解「左形右聲」，徐鍇則認為應不是許慎原來的訓解。

（八）標示六書分類

〈羽部〉 非盛貌也。從羽日聲。臣鍇曰：「盛也。會意。翾從此。」他檻反。

〈虤部〉 兩虎爭聲也。從虤從日。讀若憖。臣鍇曰：「日音越。會意。」言陳反。

〈互部〉 豕也。從互下象足。讀若瑕。臣鍇曰：「指事。」痕加反。

（九）解讀術語意義

〈肉部〉 或曰獸名。象形。闕。臣鍇曰：「從肉。此外，許氏闕義也。蠃、羸從此。」魯坐反。

〈角部〉 獸角也。象形。角與刀魚相似。凡角之屬皆從角。臣鍇曰：「言相似者其實非也。」古捉反。

〈玉部〉 石之次玉者，以為系璧。讀若《詩》曰：「瓜瓞菶菶。」一曰：「若蛤蚌。」臣鍇曰：「系璧謂飾玉系也。當許慎時未有反字，故言『讀若』也。」逋孔反，又蒲講反。

（十）簡介人物書籍

〈臼部〉 擣米也，從廾持杵以臨臼，杵省。古者雍父初作舂。臣鍇曰：「雍父，黃帝臣也。會意。」輸容反。

〈玉部〉 玉英華羅列秩秩。從玉栗聲。《逸論語》曰：「玉粲之璍兮其瑮猛

也。」臣鍇曰：「……《逸論語》謂今《論語》中詞，古者口授有其遺漏之句，漢興購得有此言，謂之《逸論語》。諸言逸者皆如此也。」李室反。

〈片部〉牖 穿壁以木爲交窗也。譚長以爲甫上日也，非戶也。牖所以見日也。臣鍇曰：「……譚長亦當時說文字者，記其言，廣異文也。其言以爲戶字當作日字也。」夷酒反。

二、註解術語的歸納與舉例

胡師楚生在《訓詁學大綱》中曾說：

> 從漢儒開始，在注解古書時，便已使用了許多訓解的術語，直到後代，這些術語，也一直被人們相沿成習地使用著，雖然，這些術語，並非是由某人「明令規定」的，在意義上也不能夠十分的精確，但是根據漢儒們留下來的傳注，我們仍然能夠歸納出每個術語所包含的大略意義。因此，先行了解一些舊注的術語，對於掌握舊注的意義，相信是有所助益的。〔註6〕

徐鍇在註解《說文繫傳》時，也常使用一些術語，如：「曰」、「按」、「以爲」……等。所以，這一小節主要就是在歸納徐鍇註解中的術語，以便在解讀《說文繫傳》時，較能把握住徐鍇訓詁的重點與眞義。

（一）曰、按

這兩個術語是徐鍇的註解中最常使用的，其中又以「曰」用得最多。在《說文繫傳》中，徐鍇如有註解，往往會在許愼說解後加上「臣鍇曰」或「臣鍇按」來表達自己的意見，而「曰」和「按」都是用來詮釋字的形、音、義的，不過，它們的用法根據歸納，還是有小異的地方。「臣鍇曰」通常直接釋字，可以說是徐鍇自己對字的詮釋。例如：

〈夕部〉夢 寂也。從夕莫聲。臣鍇曰：「此即寂寞之寞。」沒白反。

〈日部〉㬎 眾微杪也，從日中視絲。古文以爲「顯」字；或以爲眾口貌，讀若唫，唫或以爲繭。繭者，絮中往往有小繭是也。臣鍇曰：「眾而微杪者，日中視絲也。今謂精者曰『綿』，繭內衣護蛹者，與其外膜縮雜爲之曰『絮』。小繭，助蛹衣，乃蠶口也。」五杳反。

〈馬部〉騲 馬頭有白發色。從馬岸聲。臣鍇曰：「所謂『白發』，言色有起處若將起然。」隅旰反。

〈人部〉侸 立也。從人豆聲，讀若樹。臣鍇曰：「人相樹立也。」韶乳反。

〈佳部〉𪅀 雞子也。從佳芻聲。臣鍇曰：「雛猶云初也。」善于反。

而「臣鍇按」則大部分是稱引他人或典籍的說法來釋字。例如：

〈水部〉澶 澶淵，水也，在宋。從水亶聲。臣鍇按：「《春秋》：『諸侯盟于澶淵』。杜預釋例：『頓丘衛南繁也』。」示川反。

〈有部〉龓 兼有也。從有龍聲。臣鍇按：「《字書》云：『又馬籠頭』也。」來充反。

〈玉部〉瑀 石之似玉者。從玉禹聲。臣鍇按：「《毛詩傳》：『佩玉琚瑀，以納其間』。」爰主反。

〈日部〉晏 天清也。從日安聲。臣鍇按：「《史記·封禪書》曰：『色晏溫』是也。」殷訕反。

〈鳥部〉鶌 鶌鳩也。從鳥屈聲。臣鍇按：「《爾雅》注：『似山鵲而小，短尾多聲』。」居屈反。

不過，在釋字的過程中，有時也沒有將這兩個術語完全區分清楚，所以也會有例外出現，甚至有將「曰」和「按」連用，而成為「曰按」或「按曰」的情形。例如：

〈酉部〉酲 病酒也。一曰：醉而覺也。從酉呈聲。臣鍇曰：「《漢書·樂志》：『柘漿析朝酲』。」直成反。

〈玉部〉玤 石之有光壁。珋也，出西胡中。從玉卯聲。臣鍇按：「『有光壁』言光處平側如牆壁也，若今之丹砂然。」力舟反。

〈广部〉痹 足气不至也。從广畀聲。臣鍇按曰：「今人言久坐則足痹也。〈高士傳〉曰：『晉侯與亥唐坐痹，不敢壞坐也！』毗避反。

〈肉部〉胻 脛耑。從肉行聲。臣鍇曰：「按《史記·龜冊傳》曰：『壯士斬其胻』是也。」閑橫反。

（二）以為、疑

在《說文繫傳》中有些解釋沒有任何記載可以做佐證，而只是徐鍇本人的想法，這些字徐鍇就會用「以為」或「疑」來表示揣測的意思。不過，如果徐鍇用「以為」，通常表示他對自己的註解持肯定的態度。例如：

〈二部〉丂 古文「旁」。臣鍇以為：從下也。

〈艸部〉萌 艸也。從艸明聲。臣鍇以為：萌生芽之兆。沒彭反。

〈艸部〉芣 華盛。從艸不聲。一曰：芣苢。臣鍇以為：愼意以此為「棠棣之華，萼苯韡韡」之「芣」也。附柔反。

〈雨部〉霅 凝雨說物者也。從雨彗聲。臣鍇以爲：雪之著物積久而不流，其浸潤深以解說物也。相屑反。

〈木部〉柭 梧也。從木友聲。臣鍇以爲：此即詩所謂「枝葉未有害，本實先撥」，「撥」字如此。北末反。

至於用「疑」則表示他認爲可能性很高，但還是不敢妄下斷言。例如：

〈水部〉灅 水起北地靈丘，東入河。……臣鍇疑即《周禮》所謂嘔夷也。愼云：北地靈丘，蓋地有改易也。可候反。

〈邑部〉䣎 地名。從邑翏聲。臣鍇疑此則《春秋》蓼國字。里皎反。

〈示部〉神 天神引出萬物者也。從示申聲。臣鍇曰：「申即引也，疑多聲字。天主降气以感萬物，故言引出萬物也。」是鄰反。

〈氏部〉瞖 家本無注。臣鍇按：「一本云：許氏無此字。此云：家本無注。疑許愼子許沖所言也。今《字書》云：『音皓』誤也。」

〈目部〉相 省視也。從目木。《易》曰：「地可觀者，莫可觀於木。」《詩》曰：「相鼠有皮」。臣按：「所引『《易》曰』今《易》無此文，疑《易傳》及《易緯》有之也。會意。」脩祥反。

（三）之言

「之言」在《說文繫傳》中有兩種不同的意義，一種是「……的話」。例如：

〈言部〉譆 痛也。從言喜聲。臣鍇曰：「痛而呼之言也。」軒其反。

〈水部〉瀌 雨水瀌瀌。從水麃聲。臣鍇曰：「瀌猶浮也，此《傳》之言。」彼消反。

另一個代表「聲訓」的意思，通常以「某之言某也」的形式出現。它是從聲韻關係來探求字的意義，所以訓解字和本字之間，不僅在意義上有關連，而且也往往是音同或音近，符合通假字條件的。例如：

〈人部〉俗 習也。從人谷聲。臣鍇曰：「俗之言續也，傳相習也。」夕燭反。

〈木部〉櫛 梳比之總名也。從木節聲。臣鍇按：「《周禮》節作楖，楖之言積也。」阻瑟反。

〈玉部〉珌 佩刀丁飾，天子以玉。從玉必聲。臣鍇曰：「下飾謂末也。珌之言㯱也，深之也。」彼媚反。

〈示部〉祿 福也。從示彔聲。臣鍇曰：「祿之言錄也，若言省錄之也。」勒谷反。

〈貝部〉賞　賜有功。從貝尚聲。臣鍇曰：「賞之言尚也，尚其功也；賞以償之也。」式掌反。

「俗」、「續」音同為「似足切」，上古音在定紐、屋韻第十七〔註7〕，所以兩字同音。「柳」音「阻瑟切」，上古音在精紐、質韻第五，「積」音「子智切」，上古音在精紐、錫韻第十一，聲同韻異。「咇」音「卑吉切」，「毖」音「兵媚切」，兩字諧聲偏旁同為必聲，上古音在幫紐、質韻第五，兩字音同。「祿」音「盧谷切」，「錄」音「力玉切」，兩字諧聲偏旁相同，上古音在來紐、屋韻第十七。「賞」音「書兩切」，上古音在透紐、陽韻第十五，「尚」音「時亮切」，上古音在定紐、陽韻第十五，兩字諧聲偏旁相同，因此韻同。以上這些都是利用同音、雙聲、疊韻等字來作訓解的情形。

（四）猶、即

「猶」和「即」這兩個術語在《說文繫傳》中，也常以「某猶某也」和「某，即某也」或「某即某也」的形式出現。關於「猶」的意思，《說文》「讎」字下段玉裁注說：

凡漢人作注云猶者，皆義隔而通之。《公》、《穀》皆云：「孫猶孫也。」謂此子孫字同孫遁之孫。……此則通古今之語示人，「麗爾」古語，「彌麗」今語。〈魏風·傳〉：「糾糾猶繚繚」、「摻摻猶纖纖」之例也。〔註8〕

而「即」的使用條件和「猶」相同，也是「義隔而通之」或「通古今之語」。所以這兩個術語和「之言」最大的不同，就是訓解和被訓字（或被訓詞）之間未必有「聲訓」的關係，而且，當訓解是單字時，它的意義也只在某些特殊的情況下，可以和被訓字相通。例如：

〈頁部〉顆　小頭也。從頁果聲。臣鍇曰：「今言物一顆猶一頭也。」苦墮反。

〈角部〉觬　角觬也。從角兒聲。西河有觬氏縣。臣鍇曰：「觬猶邪倪也。」施米反。

〈言部〉講　和解也。從言冓聲。臣鍇曰：「古人言『講解』猶『和解』也。」干項反。

〈止部〉歱　跟也。從止重聲。臣鍇曰：「足跟也，故從止，即跟也。」之勇反。

〈鬻部〉鬻　鬵也。從鬲毓聲。臣鍇曰：「鬻即鬵也。」融六反。

「頭」當作量詞時可以和「顆」的意思相通，「觬猶邪倪」則是以複詞來訓解單

字，「講解」和「和解」以同義詞釋複詞，「足」即「跟」，「齂」即「齆」，這些字義在某在狀況下可以互通。

（五）謂、謂之、所謂

這三個術語的用法，類似於現在的「翻譯」。也就是將許慎說解中較不易懂的字詞，用當代所能理解的話來詮釋。「謂」和「所謂」在使用時，往往將訓解放在被訓的字詞後面。例如：

〈走部〉𧾷 蹢也。從走厥聲。臣鍇曰：「謂足蹈地深也。」俱月反。

〈斗部〉𣁬 羹斗也。從斗鬼聲。臣鍇曰：「謂斗杓爲魁，柄爲標也。」庫摧反。

〈网部〉𦁅 牖中网。從网舞聲。臣鍇曰：「所謂网軒也。」勿撫反。

〈衣部〉褗 衣正幅。從衣㫃聲。臣鍇曰：「……《春秋左傳》及《禮》所謂『端委之衣』。」顛歡反。

而「謂之」則大多將被訓的字詞放在訓解的最後。例如：

〈木部〉榷 水上橫木所以渡者也。從木寉聲。臣曰：「此即今所謂水杓橋也。榷之言罩也，人謂粗略而舉之謂之楊榷也。」江岳反。

〈肉部〉𡲬 蟲也。象形。從肉。臣鍇曰：「牙齒蟲病謂之齲齒。」牙甫反。

〈巾部〉幒 裙也。……臣鍇按：「帔也。今謂之祶，亦袙複之屬也。」所八反。

（六）音

在漢儒的註解中，常用「讀若」、「讀如」、「讀爲」、「讀曰」等術語，或直音來注通假字或難字的音。例如：

《儀禮·士冠禮》：「緇布冠缺項青組，纓屬于缺。」鄭注曰：「缺讀如有頍者弁之頍。」

《說文》云：「毨，選也。仲秋鳥獸毛盛，可選取以爲器。從毛先聲。讀若選。」

《詩經·氓》：「淇則有岸，隰則有泮。」鄭箋：「泮讀爲畔。」

《論語·八佾》：「從之，純如也。」疏云：「從讀曰縱，謂放縱也。」

《爾雅·釋草》：「華，荂也。」郭璞注：「今江東呼華爲荂，音敷。」

在《說文繫傳》中，徐鍇最常用來注音的術語是「音」。雖然它在古人注直音時就已經常用，但徐鍇更擴大了「音」用法的範圍，除了直音注音的用法外，連以反切注音時也是用「音」。例如：

〈石部〉石 山石也。……臣鍇曰：「口音圍。」神隻反。

〈肉部〉肊 胸肉也。從肉乙聲。臣鍇按：「乙音軋。」依色反。

〈殳部〉段 椎物也。從殳耑聲。臣鍇曰:「椎音直推反。」徒亂反。

〈人部〉倬 著大也。……臣鍇曰:「卓然高明也。著音竹慮反。」輆角反。

〈衣部〉褻 私服。從衣執聲。《詩》曰:「是褻袢也。」臣鍇曰:「執音午世反。」私列反。

〈山部〉嶇 山短高也。從山屈聲。臣鍇曰:「〈靈光殿賦〉曰:『隆崛岉乎青雲』。崛音九物反。」瞿弗反。

（七）從此

中國文字演進的法則有兩種:一種是「孳乳」,另一種是「變易」。有關文字孳乳的情形,黃季剛先生在《說文略說》中將它分成三類:

> 一曰:所孳之字,聲與本字同,或形由本字得,一見而可識者也;二
> 曰:所孳之字,雖聲形皆變,然由訓詁展轉尋求,尚可得其徑路者也;三
> 曰:後出諸文,必爲孳乳,然其詞言之柢,難於尋求者也。〔註9〕

根據徐鍇的註解,我們可以看出他對「孳乳」的概念是「聲近且形由本字得」,比較接近黃季剛先生說的第一類。例如:

〈臼部〉臽 小阱也。……臣鍇曰:「若今人作阬以臽虎也。會意。陷、萏、啗、閻之類,聲近臽者從此。」寒蘸反。

〈永部〉羕 水長也。……臣鍇曰:「蜀有彭羕,樣、漾從此。」余亮反。

〈丏部〉丏 不見也。……臣鍇曰:「左右擁蔽,面不分也。沔、眄、麪、宀從此。」彌件反。

〈豊部〉豊 行禮之器也。……臣鍇曰:「禮、體、澧字從此。」蓮弟反。

〈米部〉糶 穀也。從米翟聲。臣鍇曰:「糴、糶字皆從此。」他料反。

以上這些例子,全部都是諧聲偏旁相同的情形。段玉裁在《說文解字》「禛」字下注說:

> 聲與義同原,故形聲之偏旁多與字義相近,此會意形聲兩兼之字致多
> 也,《說文》或稱其會意,略其形聲;或稱其形聲,略其會意,雖則省文,
> 實欲互見,不知此則聲與義隔。〔註10〕

在《說文繫傳》的註解中,徐鍇常以「某某從此」的形式來說明孳乳字的衍生。所以徐鍇在當時已有「聲義同原」的觀念了。

〔註 9〕請參見林尹《文字學概說》第一篇第一章第 16 頁。
〔註10〕請參見《說文解字注》第一篇上第 2 頁。

（八）今、今作、今人作、今俗作、今言、今人言

「今」、「今作」、「今人作」、「今俗作」、「今言」、「今人言」等這些術語，都是用來說明古今字詞和語音的。有關「古今字」的定義，《說文》「誼」下段玉裁注說：

> 凡讀經者不可不知古今字。古今無定時，周爲古則漢爲今，漢爲古則晉宋爲今，隨時異用者，謂之古今字。非如今人所言古文、籀文爲古字，小篆、隸書爲今字也。〔註11〕

所以凡徐鍇註解中所謂「今」的，都是指五代十國時的用字、用詞和語音，從這些訓解中，可以看出當代文字的語言的變遷狀況。例如：

〈鹿部〉**麤** 鹿跡也。從鹿速聲。臣鍇曰：「今《爾雅》作『速』。」孫卜反。

〈金部〉**鉈** 短矛也。從金它聲。臣鍇曰：「今又音蛇。《晉書》曰：『丈八鉈矛左右盤』。」示牙反。

〈文部〉**辬** 駁文也。從文辡聲。臣鍇曰：「今作斑也。」不攀反。

〈言部〉**譺** 騃也。從言疑聲。臣鍇曰：「言多礙也。今人作儗。」五介反。

〈車部〉**輚** 車跡也。從車從省。臣鍇曰：「今俗作蹤。」子龍反。

〈羽部〉**翊** 飛貌。從羽立聲。臣鍇曰：「今言輔翊猶翼戴也。」以即反。

〈土部〉**埩** 治也。從土爭聲。臣鍇曰：「若今人言屏淨也。」寂逞反。

上列的例子裡，有以今字釋古字，今詞訓古詞，今音註古音，也有辨明當時正俗體字的情形。此外，在《說文繫傳》中「今俗作」的使用率頗爲頻繁，可見徐鍇在作註解時，也注意到正俗體的差異與俗體的重要性，有一些當時的俗體，如：斑、蹤、妹等字，在現今甚至取代了原有的正體字，而原有的正體字反而較少見了。

（九）所以

這個術語是用來指明事物的功用，通常以「某，所以某也」或訓單字的「所以某也」的形式出現，而且第一個被訓釋的「某」字爲名詞。例如：

〈金部〉**銜** 馬勒口中也。從金行。銜者，行馬者也。臣鍇曰：「馬銜所以制馬之行也。會意。」侯彡反。

〈斗部〉**斠** 蠡柄也。從斗軗聲。揚雄、杜林說皆以爲軺車輪幹。臣鍇曰：「蠡所以抗也。」烏末反。

〈木部〉**枱** 禮有枱。枱，匕也。從木四聲。臣鍇曰：「禮枱所以楔齒也。」素次反。

〔註11〕請參見《說文解字注》第三篇上第 94 頁。

〈革部〉韇　弓矢韇也。從革賣聲。臣鍇曰：「韇所以盛弓矢也。」駝谷反。

〈丌部〉畀　相付與之約在上閣也。從丌凶聲。臣鍇曰：「閣所以盛物。……」
必至反。

　　在《說文繫傳》中，除了以上這些訓解的術語外，還有「當言」、「據」、「詳」……
等術語，其中「當言」大多用來釋假借，假借的一些問題，本文第三章還會研究，
在此暫且不論。至於其他術語，使用率都不及上述的術語，所以就不列入常用術語
中作介紹了。

　　以上這些訓解的術語，有些在許慎《說文》中就常可見到。但到了徐鍇的《說
文繫傳》，使用得更加普遍。不過，在隨著時代的不同，註解常用的術語也會跟著改
變，像漢儒常用來注音的「讀如」和「讀若」，在《說文繫傳》中已被「音」所取代。
另外，徐鍇還採用了不少聲訓的方式來作註解，所以，李法信認爲徐鍇在聲訓方面
對清人的影響和啓示是清代聲訓發達的原因之一。他在〈《說文繫傳・通釋》初探〉
一文中說：

　　　　單就《說文》之學而論，段玉裁注《說文》，其聲訓多陰本鍇說，朱
　　駿聲《說文通訓定聲》更於每字之下專列「聲訓」一項，徐鍇《通釋》這
　　方面對清人的影響和啓示作用是不應忽視的。〔註12〕

雖然，也有學者主張清代的聲訓發展與徐鍇《說文繫傳》的聲訓方式無關〔註13〕，
但是，徐鍇大量使用聲訓方式來註解《說文》的事實，卻是值得重視的。

第四節　《說文繫傳》稱人引書概述

　　在古人的註解法則中，稱人引書來佐證自己的看法是最普遍的方式之一，因爲
這種方式一方面可以徵信於他人，另一方面也可避免過分主觀的缺失。許慎《說文
解字・敘》就說：

　　　　今敘篆文，合以古籀，博采通人，至於小大，信而有證，稽譔其說，
　　將以理群類，解謬誤，曉學者，達神恉，……

〔註12〕請參見《山東師大學報》社科版（濟南）第 148 頁。
〔註13〕周信炎〈論《說文繫傳》中的因聲求義〉一文中認爲：由於清代學者對徐鍇聲訓方
　　　　式的評價不高，所以他「認爲清代因聲求義的先驅是戴侗，與徐鍇無直接關係」。全
　　　　文請參見《貴州大學學報》社科版（貴陽）1993 年 2 月第 77 至 82 期合訂本第 44
　　　　頁。

今檢視《說文繫傳》全書稱人引書的數量，總計有二百種，三千四百二十五次，徐鍇可說是符合了註解時客觀和誠信的條件。當然，這或許也有賴於他那超乎常人的記憶力。以下便將《說文繫傳》別列表，說明它們個別的稱引次數，以便於觀察徐鍇《說文繫傳》全書稱人引書的情形。

一、引用書籍的類別

凡　例

（一）表中的分類是依據《四庫全書總目》分為經、史、子、集四類，而表中的順序，前三類是按照次數的多寡先後排比，而集部除了以次數多寡為依據外，並將同作者的作品排在一起。

（二）凡引用同一書的注、疏、傳、今古版本、異名或部分篇章等，表中都算在同一書名的引用次數裡，至於分別的引用次數則在備註裡說明。不過對於早已視為兩書的，如《春秋》和《左傳》之類，在表中就分列兩種書。

（一）經　類

書　　名	次　數	備　　　註
爾　　雅	459 次	稱《爾雅》281 次、《爾雅注》174 次①、曹憲《爾雅音》1 次、〈釋言〉1 次、郭璞《爾雅序》2 次。
詩　　經	379 次	稱《詩》306 次、《箋》1 次、《毛詩傳》6 次、《毛詩注》2 次、〈商頌〉2 次、《詩傳》49 次、《詩序》3 次、《詩頌》3 次、《韓詩》1 次、《毛詩》5 次、陸璣《毛詩疏》1 次。
春 秋 左 傳	342 次	稱《春秋左傳》242 次、《左傳》29 次、〈注〉2 次、《春秋傳》35 次、《春秋左氏傳》10 次、〈傳〉17 次、杜預《春秋左傳注》（又名杜預《左傳注》）5 次、杜預《春秋左傳序》1 次、《左氏傳》1 次。
周　　禮	218 次	稱《周禮》183 次、〈傳〉2 次、鄭〈注〉5 次、《周禮·考工記》8 次、《周禮注》16 次、《周官》4 次。
尚　　書	213 次	稱《尚書》154 次、《尚書注》2 次、《古文尚書》6 次、《今文尚書》2 次、〈洪範〉9 次、《書傳》11 次、《書》17 次、〈禹貢〉2 次、《尚書傳》1 次、〈虞書〉3 次、《尚書序》3 次、〈大禹謨〉1 次、〈皋陶謨〉1 次、〈泰誓〉1 次。
禮　　記	103 次	稱《禮記》15 次、《禮》75 次、《禮月令》7 次、《禮注》4 次、《禮傳》1 次、〈投壺禮〉1 次。
易　　經	98 次	稱《易》76 次、《周易》17 次、《易繫》3 次、《易傳》1 次。
字　　書	69 次	
說 文 解 字	66 次	稱《說文》65 次、許慎《解·敘》1 次。
論　　語	40 次	《語》即《論語》，書中稱《論語》有 34 次，而《語》則有 6 次。

書　　　名	次數	備　　　註
釋　　　　　名	26 次	
孟　　　　　子	23 次	稱《孟子》21 次、趙岐〈注〉1 次、趙岐〈孟子題辭〉1 次。
春　　　　　秋	19 次	
春　秋　公　羊	18 次	稱《春秋公羊傳》8 次、〈注〉3 次、《春秋公羊》2 次、《公羊傳》4 次、《公羊》1 次。
春　秋　釋　例	10 次	稱杜預《春秋釋例》8 次、杜預《釋例》2 次。
韓　詩　外　傳	10 次	稱《韓詩外傳》9 次、《外傳》1 次。
儀　　　　　禮	10 次	稱《儀禮》8 次、《記》1 次、〈聘禮注〉1 次。
孝　　　　　經	6 次	
春　秋　後　語	4 次	
匡　謬　正　俗	4 次	
史　　　　　篇	3 次	稱《史篇》2 次②、《蒼頡篇》1 次。
春　秋　穀　梁	3 次	稱《春秋穀梁傳》2 次、《春秋穀梁》1 次。
經　　　　　解	2 次	
易　　　　　緯	1 次	
小計：書名 24 種，稱引 2126 次。		

① 《說文繫傳》「樸」字下徐鍇曰：「許慎所引《爾雅注》在張揖以前，而今學官所列及臣鍇所引是晉郭璞注，……。」所以，此《爾雅注》是郭璞所注。

② 《說文繫傳》「匋」字下徐鍇曰：「《史篇》，史籀所作《蒼頡篇》也。」

（二）史　類

書　　　名	次數	備　　　註
漢　　　　　書	184 次	稱《漢書》141 次、〈律厤志〉21 次、《漢書律厤志》（《漢律律厤志》）4 次、《漢書禮樂志》2 次、《漢書·天馬歌》2 次、《漢書刑法志》（《漢刑法志》）3 次、《漢書傳》1 次、顏師古《漢書注》2 次、《漢書注》1 次、《漢書藝文志》1 次、《封禪書》6 次。
史　　　　　記	180 次	稱《史記》151 次、《司馬遷書》1 次、《史記注》7 次、《史》20 次、《史記序傳》1 次。
國　　　　　語	45 次	
漢　　　　　制	8 次	
後　漢　　　書	7 次	
南　　　　　史	4 次	
漢　書　音　義	3 次	
晉　　　　　書	3 次	
漢　　　　　儀	2 次	
逸　周　　　書	2 次	

書 名	次數	備 註
周　　　書	2次	
周　　　制	2次	
蜀　　　書	2次	
高　士　傳	2次	
漢　　　律	2次	稱《漢律》1次、《律》1次。
荊楚歲時記	2次	
謚　　　法	1次	
梁　　　史	1次	
廣　異　記	1次	
魏　　　史	1次	
漢　　　史	1次	
宋　　　書	1次	
北　　　史	1次	
竹　　　書	1次	
陳壽三國書	1次	
儀　制　令	1次	
晉　　　史	1次	
蜀　　　志	1次	
四　夷　書	1次	
大唐天潢玉諜	1次	
齊　國　書	1次	
吳越春秋	1次	

小計：書名33種，稱引466次。

（三）子　類

書　　　名	次　數	備　　　　　　　　註
顏之推家訓	68次	
山　海　經	51次	引《山海經》46次、《山海經注》5次。
莊　　　子	46次	
淮　南　子	41次	《淮南》即《淮南子》，此處稱《淮南子》有37次，而稱《淮南》只有1次。又高誘《淮南子注》3次。
本　　　草	39次	《本艸》即《本草》①，此處稱《本草》有23次，而《本艸》則有13次，另有陶氏《本草注》33次。
穆　天　子　傳	28次	引《穆天子傳》28次、〈注〉1次。
白　虎　通	24次	
老　　　子	21次	引《老子》20次、李暹〈注〉1次。

呂 氏 春 秋	21 次	
博 物 志	16 次	
崔 豹 古 今 注	14 次	
文 子	13 次	
西 京 雜 記	11 次	
太 玄	10 次	《太玄經》即《太玄》,此處稱《太玄》有 9 次,而稱《太玄經》只有 1 次。
太 公 六 韜	9 次	
符 瑞 圖	8 次	引《符瑞圖》5 次、〈注〉3 次。
孔 子 家 語	7 次	《家語》即《孔子家語》,此處引《孔子家語》有 5 次,而《家語》有 2 次。
管 子	7 次	
韓 子	6 次	
列 子	6 次	
齊 民 要 術	4 次	
東 方 朔 十 洲 記	3 次	
荀 卿 子	3 次	
醫 方	3 次	
王 充 論 衡	2 次	
商 子	2 次	
列 仙 傳	2 次	
王 羲 之 筆 經	2 次	
羊 欣 筆 法	1 次	
神 仙 傳	1 次	
漢 武 帝 內 傳	1 次	
五 行 傳	1 次	
黃 庭 經	1 次	
秘 書	1 次	
逸 論 語	1 次	
仙 傳	1 次	
仙 書	1 次	
齊 民 要 術	1 次	
玉 書	1 次	
孝 經 援 神 契	1 次	

小計:書名 40 種,稱引 479 次。

①指神農以下的《本草》,而非今謂之《本草綱目》。因為《本草綱目》為明代李時珍所編,徐鍇時尚未有此書。

（四）集　類

書　名	次　數	備　註
✷楚辭①	61 次	《楚詞》即《楚辭》。此處稱《楚辭》56 次，而稱《楚詞》則有 3 次。另外還有稱《離騷經》1 次，引王逸〈注〉1 次。
✷左思吳都賦	22 次	共引左思詩賦五種 35 次。
✷左思魏都賦	8 次	
左思賦	2 次	
✷左思蜀都賦	2 次	
左思詩	1 次	
✷相如上林賦	18 次	共引司馬相如的賦文五種 35 次。
相如賦	7 次	其中 2 次引〈上林賦〉，1 次引〈子虛賦〉。
✷相如子虛賦	5 次	
✷相如封禪書	2 次	
✷長門賦	2 次	
相如大人賦	1 次	
✷班固西都賦	17 次	共引班固的詩賦三種 19 次
班固詩	1 次	
✷班固幽通賦	1 次	
✷魯靈光殿賦	16 次	〈靈光殿賦〉即〈魯靈光殿賦〉。此處稱〈靈光殿賦〉有 11 次，而稱〈魯靈光殿賦〉則有 5 次。根據《昭明文選》記載爲王文考〈魯靈光殿賦〉。
✷張衡西京賦	10 次	共引張衡的賦四種 34 次。
✷張衡南都賦	8 次	
✷張衡思玄賦	6 次	
✷張衡賦	6 次	其中引〈南都賦〉4 次，而〈西京賦〉、〈思玄賦〉各 1 次。
✷張衡東京賦	5 次	
古詩	8 次	
✷潘岳西征賦	6 次	共引潘岳的賦六種 16 次。
✷潘岳射雉賦	3 次	
✷潘岳閑居賦	2 次	
✷潘岳賦	2 次	引〈西征賦〉和〈射雉賦〉各 1 次。
✷潘岳寡婦賦	1 次	
✷潘岳秋興賦	1 次	
✷潘岳耤田賦	1 次	
✷何晏景福殿賦	5 次	共引何晏的賦一種 6 次。
✷何晏賦	1 次	即〈景福殿賦〉。
✷郭璞江賦	4 次	
郭璞桂讚	1 次	
✷郭璞遊仙詩	1 次	
劉向列女傳	4 次	
✷顏延之赭白馬賦	4 次	

＊古樂府	3 次	
＊魏樂府	1 次	即魏武帝的〈苦寒行〉。
＊揚雄甘泉賦	3 次	共引揚雄的賦三種 5 次。
揚雄賦	1 次	
＊揚雄羽獵賦	1 次	
＊宋玉風賦	3 次	共引宋玉的賦三種 8 次。
＊宋玉賦	2 次	
＊宋玉神女賦	2 次	
＊宋玉高唐賦	1 次	
＊木玄虛海賦	3 次	
＊謝靈運詩	2 次	
＊謝惠連詩	2 次	引謝惠連的詩賦兩種 3 次。
＊謝惠連雪賦	1 次	
＊王褒洞簫賦	2 次	
＊枚乘七發	2 次	
古賦	2 次	
謝朓詩	2 次	
＊傅毅舞賦	2 次	
＊任昉彈劉整文	2 次	〈任昉彈劉整文〉徐鍇又引稱爲〈任昉彈文〉。
梁簡文帝詩	2 次	
庾信賦	2 次	共引庾信的賦兩種 3 次。
庾信小園賦	1 次	
嵇康詩	2 次	共引嵇康的詩賦兩種 3 次。
＊嵇康琴賦	1 次	
張協詩	1 次	共引張協的詩文兩種 2 次。
＊張協七命	1 次	
江總行李賦	1 次	
＊謝莊宣貴妃誄	1 次	即謝希逸〈宋孝武宣貴妃誄〉。
＊應璩書	1 次	
王粲賦	1 次	共引王粲的詩賦兩種 2 次。
＊王粲從軍詩	1 次	
＊曹植七啓	1 次	
上虞鄉亭觀濤詩	1 次	
劉楨詩	1 次	
＊馬融笛賦	1 次	
白紵歌	1 次	
鄒陽書	1 次	
中山王文木賦	1 次	
＊阮籍詠懷詩	1 次	
＊賈誼鵬賦	1 次	共引賈誼的賦文兩種 2 次。
＊賈誼過秦篇	1 次	
劉勰文心雕龍	1 次	

曹大家女誡	1 次	
聖主得賢臣賦	1 次	
漢武內傳	1 次	
陸雲與兄書	1 次	
陸機詩	1 次	共引陸機詩文三種 3 次。
✳陸機漢功臣贊	1 次	應是陸機〈漢高祖功臣頌〉。
✳陸機文賦	1 次	
✳曹植洛神賦	1 次	
舜歌	1 次	
張說梁四公子記	1 次	
鹽鐵論	1 次	
周廟銘	1 次	疑此銘即〈周廟金人銘〉。
周廟金人銘	1 次	
魏文帝書	1 次	
✳班婕妤賦	1 次	即班婕妤〈怨歌行〉。
✳韋昭博奕論	1 次	
鴈詩	1 次	
荀卿賦	1 次	
✳鮑昭舞鶴賦	1 次	
鮑昭賦	1 次	
邱遲詩	1 次	
秦嘉詩	1 次	
魏武帝詩	1 次	
孫楚詩	1 次	
襄陽耆舊記	1 次	
小計：書名、篇名 103 種，稱引 354 次。		

①凡書名或篇名前有「✳」字記號的，表示確定這個書名篇章在《昭明文選》中有載錄。

二、稱引通人的情形

人　名	次　數	人　名	次　數	人　名	次　數	人　名	次　數
李陽冰	61 次	褚少孫	2 次	漢高祖	1 次	司馬侯	1 次
杜　預	37 次	秦　公	1 次	漢光武帝	1 次	司馬相如	1 次
孔　子	18 次	劉　向	1 次	鬼谷子	1 次	孫　綽	1 次
許　愼	13 次	許　沖	1 次	張　華	1 次	周武王	1 次
郭　璞	8 次	陰陽家	1 次	潘　岳	1 次	司馬法	1 次
東方朔	5 次	管　仲	1 次	伍　員	1 次	范　蠡	1 次
蕭子良	5 次	孔　琳	1 次	鄭子產	1 次	崔　駰	1 次

孔 安 國	4次	季　　札	1次	徐　　廣	1次	司 馬 卬	1次
顏 師 古	4次	舜	1次	彭　　羕	1次	陳　　平	1次
蔡　　邕	4次	趙　　盾	1次	管　　仲	1次	晉 悼 公	1次
張　　衡	3次	光　　武	1次	莊　　周	1次	齊 桓 公	1次
班　　固	3次	伯　　夷	1次	殷 高 宗	1次	王 孫 圉	1次
揚　　雄	3次	羅　　友	1次	蘇　　秦	1次	王 曇 首	1次
鄭　　玄	3次	子　　產	1次	伊　　尹	1次	王　　儉	1次
荀　　卿	2次	子　　夏	1次	羊　　欣	1次	王　　粲	1次
（孫卿）		子　　貢	1次	曾　　子	1次	王　　弼	1次
晏　　嬰	2次	樊　　光	1次	文　　王	1次	王 僧 虔	1次
（晏子）		賈　　誼	1次	文　　帝	1次	謝　　朓	1次
司 馬 遷	2次	董 仲 舒	1次	韋　　昭	1次		
嵇　　康	2次	孫　　武	1次	杜 子 春	1次		
鮑　　昭	2次	秦 穆 公	1次	宋　　義	1次		
張 釋 之	2次	謝 靈 運	1次	晉 士 文	1次		
共計：引用通人 82 人，共 246 次。							

三、經類書籍是稱引的重點

從《說文繫傳》引書的類別中，我們可以發現經類的書籍是稱引的重點，總共稱引二千一百二十六次，佔總數的百分之六十二點零七，其他史類、子類和集類的稱引次數則遠不及經類。可見在當時的儒林中，經類還是一門比較受學者重視的學問。

事實上，在中國的學術史上，「經」一直是佔有十分重要的地位，而小學則是解經的基礎。許慎在《說文解字·敘》中就說：

> 《書》曰：「予欲觀古人之象。」言必遵修舊文而不穿鑿。孔子曰：「吾猶及史之闕文，今亡矣夫！」蓋非其不知而不問，人用己私，是非無正，巧說邪辭，使天下學者疑。蓋文字者，經義之本、王政之始。前人所以垂後，後人所以識古。故曰：「本立而道生。」知天下之至嘖而不可亂也。〔註14〕

另外，許慎的兒子沖也在〈敘〉中說：

> 臣父故大尉祭酒慎本從逵受古學，蓋聖人不妄作，皆有依據，今五經之道昭炳光明。而文字者，其本所由生，自《周禮》、《漢律》皆當學六書，貫通其意，恐巧說邪辭使學者疑，慎博問通人，考之於逵，作《說

〔註14〕請參見《說文解字注》第十五篇上第 771 頁。

文解字》。〔註15〕

因此，許慎的《說文解字》最初的寫作動機，就為了要闡發經義。而《說文繫傳》是以宏揚「《說文》之學」為本〔註16〕，所以自然經類的典籍也受到相當的重視。

至於經類書籍中，小學類的只有文字訓詁方面的書，包括《爾雅》、《字書》、《說文》、《釋名》、《匡謬正俗》、《史篇》等六種，但是一共稱引六百二十四次，佔經類總稱引數的百分之二十九點三五，將近三分之一的份量。所以，正如徐鍇在《說文繫傳·系述》中說：

> 文字者，聖人之所以極深而研幾也，天地日月之經也，忠孝仁義之本也，朝廷上下之法也，禮樂法度之規也，人君能明之包四海之道也，人臣能明之事君理下之則也。〔註17〕

文字是一切事、理、法的根本，因此，小學類的書在經類中，也是稱引的重要依據。

此外，揚雄《方言》一書，根據《四庫全書總目提要》中所說：

> 惟後漢許慎《說文解字》多引雄說，而其文皆不見於《方言》，又慎所注字義，與今《方言》相同者，不一而足，而皆不標「揚雄《方言》」字。知當慎之時，此書尚不名《方言》，亦尚不以《方言》為雄作，故馬、鄭諸儒，未嘗稱述。至東漢之末，應劭始有是說。〔註18〕

而且《隋志》、《唐志》中都已經記載著《方言》十三卷了，但是，在《說文繫傳》中卻完全不曾引用，這也是值得研究《方言》的學者注意的疑點。

四、集類所引大多和《昭明文選》中的篇章相同

集類是《說文繫傳》中引用種類最多，而稱引次數最少的。不過，有關引用種類及方式，在集部的引書上還有下列三種現象：

（一）在引用的一百零三種文章中，有六十一種和《昭明文選》中的篇章相同，幾乎佔了稱引種類的一半以上。尤其以《昭明文選》前十九卷的賦篇所佔的比率最高，有三十四篇。

（二）往往一位作者有多篇文章被稱引──在《說文繫傳》中，有許多作者一個人就被稱引了三到六種的作品。如：司馬相如被稱引的文章有五種，包括〈上林賦〉、〈子虛賦〉、〈封禪賦〉、〈大人賦〉、〈長門賦〉等。又如：潘岳的賦被稱引的作品更高達六種，包括〈西征賦〉、〈射雉賦〉、〈閒居賦〉、〈寡婦賦〉、〈秋興賦〉、〈藉

〔註15〕請參見《說文解字注》第十五篇下第 793 頁。
〔註16〕請參見《說文繫傳·系述》卷四十第 1347 頁。
〔註17〕請參見《說文繫傳·系述》卷四十第 1348 頁。
〔註18〕請參見《四庫全書總目提要》經部小學類一第 101 頁。

田賦〉等。

（三）引用資料大多是篇名而不是書名——在《說文繫傳》中，集類引文中引書名的只有《楚辭》和《文心雕龍》，其他的都是篇名。這種情形在四部的引書中，只有集類最多。而且，大多數的篇章前會附上作者的名字，這也是集類引文的特色之一。例如：

〈宀部〉宸 屋宇也。從宀辰聲。臣鍇按：「班居〈西都賦〉曰：『日月纔經於柍宸宸高下之中事也。』」實申反。

〈羽部〉翡 赤羽雀也。從羽非聲。出鬱林。臣鍇按：「左思〈吳都賦〉：『翡翠列巢以重行。』」符既反。

〈白部〉皢 日之白也。從白堯聲。臣鍇曰：「日未出光生白也。宋玉〈神女賦〉曰：『若白日初出照屋梁。』」火杳反。

徐鍇聰慧過人的記憶力無庸置疑，而他校勘時的鉅細靡遺，在第一章的事蹟中也曾提過。但在集類引書中，他實際上稱引的種類並不多！而且，最接近南唐的是唐代，可是，稱引中擁有「詩」名的也只有寥寥數篇。因此，集類的詩詞歌賦等的地位，在當時還是多歸於君臣酬唱的閒暇之作，在學術上還是比較不受重視的。

第三章 《說文繫傳》六書理論的析述

第一節 六書之義起於「象形」

　　「六書」是中國文字造字、用字的六種方法,雖然也有學者認為「六書是識字的方法而不是造字的原則」[註1],但若要充分識字,必先瞭解文字的構造,所以,將「六書」視為中國文字造字、用字方法的推論是比較適當的。

　　至於有關「六書」的名稱方面,「象形」、「轉注」、「假借」三種,許慎、鄭眾、班固等各家名稱都一樣;而於「指事」、「形聲」、「會意」三種,則有一些不同的稱呼。今由於徐鍇《說文繫傳》中的名稱與許慎《說文》相同,所以,在「六書」名稱方面,本文便採用許慎「指事」、「象形」、「形聲」、「會意」、「轉注」和「假借」的稱呼。

　　其次,有關「六書」的次第方面,漢時就有三家不同的說法:

(一)象形、指事、會意、形聲、轉注、假借

　　這個主張以班固為代表,他在《漢書‧藝文志》小學類的〈敘〉中說:

> 古者八歲入小學,故《周官》保氏掌養國子,教之六書:謂象形、象事、象意、象聲、轉注、假借,造字之本也。

班固在此羅列出六書的種類,至於這六種方法的出現先後的排列次序,班固〈敘〉中事實上也沒有確切的標示。不過,由於這六種方法的書寫順序合乎文字發展的過

〔註 1〕楊信川〈「六書」的性質和作用質疑〉第 131 頁中認為:「《周禮》:『八歲入小學,保氏教國子,先以六書』,要教八歲的小孩造字是不可能的。」本文請參見《廣西大學學報》哲社版(南京)一九九○年五月 93 至 97 期合訂本第七之 113 頁。

程，因此後代也有不少人贊同班固的排列方式。如鄭樵的《通志·六書略》的〈六書序〉就說：

> 小學之義第一當識子母之相生，第二當識文字之有間。象形、指事，文也；會意、諧聲、轉注，字也；假借，文字俱也。〔註2〕

另外，王應麟《困學紀聞》、孔廣居的〈論六書次第〉、黃以周的〈六書通故〉等多位學者文章中的次第，也和班固、鄭樵相同。

（二）指事、象形、形聲、會意、轉注、假借

許慎在《說文解字·敘》中說：

> 《周禮》八歲入小學，保氏教國子，先以六書：一曰指事，指事者視而可識，察而見意，上下是也。二曰象形，象形者，畫成其物，隨體詰詘，日、月是也。三曰形聲，形聲者，以事爲名，取譬相成，江、河是也。四曰會意，會意者比類合誼，以見指撝，武、信是也。五曰轉注，轉注者建類一首，同意相受，考、老是也。六曰假借，假借者本無其字，依聲託事，令、長是也。

〈敘〉中明白地指出六書排列的先後，由於這種排列的方式，符合經學家「道立於一，造分天地，化成萬物」的觀點，所以後代學者遵從許慎說法的也不少，如衛恆的《四體書勢》、王鳴盛的〈六書大意〉、程棫林的〈六書次第說〉等，對許慎的次第說都是極爲推崇的。

（三）象形、會意、轉注、處事、假借、諧聲

鄭玄注《周禮》時，曾引鄭眾的話說：

> 六書：象形、會意、轉注、處事、假借、諧聲也。

由於鄭眾的原文今已不可考，而鄭玄〈注〉的引文又很簡略，所以後代學者多不明白鄭眾次第的用意，雖然顧實和日本文字學家高田忠周曾經嘗試去從不同的角度來詮釋鄭眾的次第說，但是都不免有點牽強。

徐鍇在《說文繫傳》中也曾提到「六書」的問題，其中最值得注意的是：由於班固並沒有確切標示出六書的次第，所以徐鍇可以說是第一位明白主張六書之義起於「象形」的人。他在「上」字下注說：

> 凡六書之義起於「象形」，則日、月之屬是也。

至於象形先於指事的原因，他也在〈疑義〉卷中提到：

〔註2〕請參見《通志》卷三十一「六書一」第487頁。

　　　　夫物生而後有象，象而後有滋，滋而後有數。昔伏義氏繼天而興，爲
　　　百代倡德，首於木，天地之始也；帝出於震，萬物之原也。於是始作《易》，
　　　觀龜魚之文以畫八卦，以類萬物之情。龜，象也。筮，數也。八卦之畫，
　　　書之原也。

人類以文字描繪大自然的現象，自然以有形可象的物爲始，無形可象，則產生指事。
指事表示一種抽象的概念，人類有了這種抽象概念後，才有表數文字的產生。因此
徐鍇認爲六書之義起於「象形」。

　　此外，他認爲六書之間兩兩爲耦，互爲虛實：象形（實）、指事（虛）；會意
（虛）、形聲（實）；轉注（實）、假借（虛）。所以徐鍇六書次第的排列順序是和
班固相同的。

第二節　六書三耦論的內容

　　「三耦論」是徐鍇的文字理論中最爲特殊的一種，他把歷來始終爭議不休的六
書問題加以詮釋，並且找出它們之間的關係，結果發現六書之間有「兩兩爲耦，互
爲虛實」的情形，所以便提出六書的「三耦論」。這個理論的影響很大，即使到了近
代，也仍有一些學者秉持著「兩兩爲耦，互爲虛實」的觀念來探討六書的關係。如
胡樸安在《文字學入門》中說：

　　　　六書又可分虛實，象形實，指事虛；因物有實形，事沒有實形。會意
　　　實，形聲虛；因會意會合兩文三文，便成了意義；而形聲卻沒有意義可以
　　　體會。轉注實，假借虛；轉注各有專意，有獨立的字義；而假借卻要有上
　　　下文做根據，不能指出一個單獨的文字，斷牠是不是假借。〔註3〕

雖然，胡樸安和徐鍇對六書虛實的看法不盡相同，但仍然可以明顯看出，胡樸安「六
書分虛實」的觀念，是受到徐鍇「三耦論」的啓示。可見徐鍇的「三耦論」的確有
它獨到的看法，同時也值得後人去探討研究。以下便將徐鍇「三耦論」的內容作一
簡述。

　　首先，關於「耦」字的意義，根據《康熙字典》中說：「耦，匹也；配也；對也；
通也」。徐鍇之所以用「耦」來分類，主要是取六書之間「虛實互配，兩兩成對」的
意思。因此，徐鍇在《說文繫傳》「上」字下說：

─────────────────
〔註3〕請參見《文字學研究》第57頁。

> 凡指事、象形義一也。物之實形有可象者，則爲象形，山川之類皆是
> 物也。指事者，謂物事之虛無不可圖畫，謂之指事。形則有形可象，事則
> 有事可指，故上下之義無形可象，故以上下指事之，有事可指也。故曰：
> 象形、指事大同而小異。

事物中有形體可象的是「象形」，無形體可象的則是「指事」，一虛一實，互爲表裡，
所以徐鍇說「象形、指事大同而小異」。這是「三耦」中的第一組。他又說：

> 會意亦虛也。無形可象，故會合其意以字言之。止戈則爲武，止戈，
> 戰兵也。人言必信。故曰：「比類合義，以見指撝」。形聲者實也。形體不
> 相遠不可以別，故以聲配之爲分異。若江、河同水也；松、柏同木也。江
> 之與河但有所在之別，其形狀所異者幾何；松之於柏相去何若。故江、河
> 同水；松、柏皆作木。有此形也，然後齯其聲以別之。故散言之則曰「形
> 聲」。

有些事物雖然不同，卻擁有相同形體時，便加上一個聲符來辨識，也就是「形聲」。
而沒有形體可象，又不可指的，就只好結合兩個以上的字來體會事物的意義，這種
造字法稱爲「會意」。這是「三耦」中的另一組，也是一虛一實的配合。此外，最後
一組是「轉注」和「假借」，他說：

> 江、河可以同謂之水，水不可同謂之江、河；松、柏可以同謂之木，
> 木不可同謂之松、柏。故曰：故散言之曰「形聲」，總言之曰「轉注」，謂
> 者、耆、耋、壽，皆老也。……大凡六書之中象形、指事相類，象形實而
> 指事虛；形聲、會意相類，形聲實而會意虛；轉注則形事之別，然立字之
> 始類於形聲，而訓釋之義與假借爲對。假借則一字數用，如：行（莖）行
> （杏）、行（杭）、行（沆）；轉注則一義數文借，如老者直訓老耳，分注
> 則爲者、爲耆、爲耋、爲壽焉。凡六書爲三耦也。

徐鍇認爲「轉注」的造字法類於形聲，單字來看是形聲，但當這些形聲字被用來合
訓一義時，就稱爲「轉注」了。而假借是「一字數用」，正好與轉注的意思相對。由
此可見，徐鍇是把「轉注」和「假借」當成用字方法的。所以，雖然「四體二用」
的理論是由清朝戴震所提出的，但事實上這個觀念早在徐鍇的《說文繫傳》中就已
經出現了。

第三節　徐鍇六書理論的分析與舉例

一、象形的分析與舉例

（一）象形的意義

　　在六書之中，象形是爭議最少的一種。《說文解字·敍》中說：

　　　　象形者，畫成其物，隨體詰詘，日、月是也。

由於許慎對象形的說解很清楚，所以歷來學者不僅在名稱方面沒有分歧，連在定義上也是少有異解。如晉衛恆的《四書體勢》說：

　　　　象形，日、月是也。日滿月虧，效其形也。

衛恆承襲了許慎的說法，並解釋日圓月半的原因。而唐朝賈公彥在《周禮·疏》中也說：

　　　　云六書象形之等，皆依許氏《說文》。云象形者，日、月之類是也，
　　象日月形體而爲之。

以上的注疏都是從「解說例字」的角度去詮釋，但徐鍇卻能從「文字衍化」的角度來解釋象形的意義。他在《說文繫傳》「上」字下說：

　　　　六文之中，象形者蒼頡本所起，觀察天地萬物之形謂之文，故文少。
　　後相配合孳益爲字，則形聲、會意者是也。……物之實形有可象者，則爲
　　象形，山川之類皆是物也。

許慎也曾在〈敍〉中提到「文者，物象之本；字者，言孳乳而浸多」。徐鍇認爲象形是起於觀察天地萬物，也就是「物象之本」。所以，他在〈疑義〉中舉例說：

　　　　……始於八卦，瞻天擬地，日盈月虧，山拔水曲，金散土重，木挺而
　　上，草聚而下，皆象形也。

　　因此，徐鍇認爲「象形」指「形」擬天地間所有可視的實體的文字。

（二）象形的分類與舉例

　　象形在名稱及釋義上雖然極爲一致，但在分類上卻有很大的分歧。如鄭樵在《通志·六書略》中將象形分成正生、側生、兼生三種共十八類；段玉裁注《說文》，將象形分兩類：一爲獨體象形，一爲合體象形；王筠《文字求蒙》分象形爲兩類：象純形者和象形變例；而饒炯的《文字求眞》將象形視爲圖畫，並從畫圖的角度方法來分類，共分正視、側視、平視、後視……等十類，可說是頗富創意。在《說文繫傳》中，徐鍇雖沒有明白指出象形的分類，但是在〈類聚〉卷裡，他將「物象之本」的「文」中同類相聚而加以分析，所以〈類聚〉中主要包含了象形、指事共十二類，

其中正好有十類是有關象形的：

1. 六府類

「六府」指「水」、「火」、「金」、「木」、「土」、「米」六字。《說文繫傳》中所載許慎的說解如下：

〈水部〉 ⿱ 象眾水並流中有微陽之气也。

〈火部〉 火 南方之行炎而上，象形。

〈金部〉 金 從土左右注，象金在土中之形。

〈木部〉 米 從屮下象其根。

〈土部〉 土 二象地之下、地之中，丨物出形也。

〈米部〉 米 象禾黍之形。

以上六字都是象形。所以，徐鍇也解釋說：

> 昔伏羲之卦文之初也，蒼頡沮誦知結繩之不可久也，仰觀俯察，始為文，蓋皆象形，此六者是也。五行者，天之五佐，德之大者也，故皆象之。米，人所以生也，……此六者，有形之主，而六者之孽益不可勝載也。後之賢者隨義而益之，故有字。凡物之大者略已象之為文矣！

「五行」的說法起於春秋戰國而盛於漢，以五行配五德，加上生養人類的米，即成「六府」。

2. 地 類

「地類」有「山」、「川」、「厂」、「广」、「井」、「宀」等六字。《說文繫傳》中所載許慎的說解如下：

〈山部〉 山 宣气散，生萬物，有石而高。象形。

〈川部〉 ⼮ 貫穿通流水也。

〈厂部〉 厂 石之崖巖，人可居。象形。

〈广部〉 广 山因厂為屋，象對刺高屋之形。

〈井部〉 井 八家一井，象構韓形䘞象也。

〈宀部〉 宀 交覆深屋也。象形。

徐鍇說：「夫地之所載，土之自出。」山、川、井都是用來養育萬物，而厂、广、宀則都是居住的宮室，這些都是由地所承載，或是從土中產生而自然形成，所以這些字都歸屬地類。

3. 天 類

「天類」指「日」、「月」、「云」（雲）、「雨」四字。

〈日部〉 ⊙ 古文象形。

〈月部〉月　太陰之精。象形。

〈云部〉云　象雲回轉形。（按：「云」爲古文「雲」）

〈雨部〉雨　水從雲下也，一象天冂象雲水霝其間也。

徐鍇說：

> 夫仰則觀象於天，日、月是已。云、雨皆不獨存，皆上屬於天，雲象
> 其決鬱回復於天之下；雨亦象其自雲而下也。

由於日、月、云、雨都是自然的天象，所以這些字都歸屬於天類。

4. 人　類

「人類」有「手」、「足」、「爪」、「爪」（掌）、「身」、「目」、「月」（肉）、「自」（鼻）這些象人體的肢體或器官的字。由於此類字象形的狀況相類，因此僅列舉《說文繫傳》中所載許慎的說解五例如下：

〈手部〉屮　拳也。象形。

〈目部〉目　人目也。象形。

〈肉部〉月　胾肉。象形。

〈爪部〉爪　覆手曰爪。象形。

〈自部〉自　鼻也，象鼻形。

徐鍇說：

> 夫有生莫靈於人，故手足皆象之；爪亦象也，覆者用爪，仰則見掌，
> 故反爪爲爪；身亦象其冠帶之形；目，人之月也；月，人之體也；自，人
> 之元也。

不過，其中「身」字徐鍇雖說：「象其冠帶之形」，但在〈通釋〉中卻說：「躬也。象人之身，從人丿聲。」，而大徐本和段玉裁也都將「身」字歸爲形聲。李孝定《甲骨文集釋》中釋「身」字說：

> 契文從人而隆其腹，象人有身之形，當是身之象形初字。許君說：「象
> 人之身」，其說是也，惟謂丿聲則非。〔註4〕

因此，從人體而出的字，都歸屬於人類。

5. 羽族類（禽類）

「羽族類」指「鳥」、「烏」、「舄」、「燕」、「鳳」、「焉」這些象禽鳥形狀的字。《說文繫傳》中所載許慎的說解如下：

〈鳥部〉鳥　長尾禽總名也。象形。

〔註4〕請參見《甲骨文字集釋》第八卷第2719頁。

〈鳥部〉 古文鳳。象形。

〈鳥部〉 孝鳥也。象形。

〈鳥部〉 鵲也。象形。

〈鳥部〉 舄鳥，黃色，出於江淮。象形。

〈燕部〉 玄鳥也。……象形。

徐鍇說：

> 夫鳥者，羽族之通名也，中有牝焉；烏，日中之禽也，感孝而至；舄
> 者，知歲之所在……；燕者，識啓閉之候；鳳者，百禽之長……；舄出江
> 淮之際，亦奇禽也，則未知今舄何鳥焉！皆鳥之貴也。

6. 水族類

「水族類」指「龍」、「魚」、「龜」、「它」（蛇）、「虹」等字。《說文繫傳》中所
載許慎的說解如下：

〈龍部〉 從肉飛象形，童省聲。

〈魚部〉 水蟲也。象形。

〈龜部〉 象足甲尾之形。

〈它部〉 象冤曲垂尾形。

〈虫部〉 螮蝀也，狀似蟲。從虫工聲。

徐鍇說：

> 龍者，虫之長也，……；它者，虫之別也，故牝象之；龜，蟲之異
> 也，……；魚，水屬也，……；虹，水之气也，……形似於蟲，水激暘亦
> 能生之……。

「龍」字根據契文作「」、「」，金文作「」、「」，都是獨體象形。羅振
玉說：

> 《說文解字》「龍」從肉飛之形，童省聲。卜辭或從平，即許君所謂
> 童省。從象龍形。其首，即許君誤以為從肉者。其身矣。或省平，
> 但為首角全身之形。或又增足。

所以「龍」應為象形。不過，「虹」雖「狀似蟲」，但仍屬於形聲。古代傳說中，
龍、蛇均能興水，虹因水激暘而生，魚、龜都是水中的生物，它們都和水有關，所
以稱這樣的字都歸屬於水族類。

7. 厸者類（獸類）

「厸者類」指「牛」、「犬」、「羊」、「豕」、「馬」、「鷹」、「鹿」、「兔」、「鼠」等
動物。由於此類字象形的狀況相類，因此僅列舉《說文繫傳》中所載許慎的說解五

例如下：

〈牛部〉半 象角頭三封尾之形。

〈羊部〉羊 從芉象似足尾之形。

〈馬部〉馬 象馬頭髦尾四足之形。

〈鼠部〉鼠 穴蟲之總名也。象形。

〈鹿部〉鹿 獸也。象頭角四足之形。

徐鍇說：

> 牛者大物，……；犬所以守；羊、豕宗廟之牲也；馬所服用也；麢神
> 物也，能識不直；鹿與牛、羊特驚異視其解角以知其時，故象之。有兔爰
> 爰，獸之趫狡也，以豪爲用；鼠，毛族而穴處，……是謂獸類。

8. 禾竹類

「禾竹類」包括「禾」、「來」、「朮」、「韭」、「竹」、「舜」等植物。《說文繫傳》中所載許愼的說解如下：

〈禾部〉禾 從木從垂省，垂象其采也。

〈來部〉來 象其芒束之形。

〈朮部〉朮 豆也。象朮豆生形。

〈韭部〉韭 菜名也。一種而久生者也。象形在一之上。

〈竹部〉竹 冬生艸也。象形。

〈舜部〉舜 艸也。……蔓地連華，象形。從舛亦聲。

徐鍇說：

> 禾者，民之所貴者也；來，麥也，……；朮者，穀而異象，其出土旁
> 引蔓；韭者，菜之有益者也，……；竹者，陰而捨陽，非草非木，故謹而
> 象之竹叢生，故並兩。舜，蕣苬也。

「舜」字《說文》中說：「從舛亦聲」，則當爲會意。但孔廣居說：「……匚其蔓也。舛象其蔓之錯亂也。」所以，「舜」字仍應屬象形。此外，「禾」是「民之所貴者」，所以用來當作穀類的代表，而「竹」由於它「非草非木」的中性特性，所以用來代表草木類。

9. 十幹類（天干）

「十幹類」是指、「甲」、「乙」、「丙」、「丁」、「戊」、「己」、「庚」、「辛」、「壬」、「癸」十個天干。由於此類字象形的狀況相類，因此僅列舉《說文繫傳》中所載許愼的說解五例如下：

〈甲部〉甲 從木戴孚甲之象也。

〈乙部〉乙 乙承甲象人頸也。

〈丁部〉个 夏時萬物皆丁狀成實，象形也。

〈壬部〉壬 象人裹妊之形。

〈癸部〉癸 象水從四方流入地中形也。

徐鍇說：「十日者治麻之本也。」不過，若取十幹「治麻」的意義，則「辛」字當從徐鍇〈通釋〉中「從辛一」，即爲會意。不過，由於十幹是象頭、頸、肩、心、脅、腹、臍、股、脛、足的形狀，所以可將它們全部視爲象形。

10. 十二支類（地支）

「十二支類」中有「子」、「丑」、「寅」、「卯」、「辰」、「巳」、「午」、「未」、「申」、「酉」、「戌」、「亥」十二個字。由於此類造字的狀況相類，因此列舉《說文繫傳》中所載許慎的說解五例如下：

〈子部〉子 十一月陽氣動，萬物滋入以爲稱。象形也。

〈寅部〉寅 象宀不達髕，寅於下也。

〈巳部〉巳 故巳爲蛇。象形。

〈未部〉未 象木重枝葉也。

〈酉部〉酉 象古文酉之形。

十二支類中，除了「辰」和「戌」兩字不是象形外，其餘都是象形。「辰」字徐鍇〈通釋〉中許慎說解爲「從乙匕象芒達厂聲」，所以是形聲。「戌」字徐鍇〈通釋〉中許慎說解爲「從戊一亦聲」，爲會意；但大徐本說解爲「從戊含一」，爲指事。《二徐箋異》按：「戌，滅也。五行土盛，陽氣衰微。故造字者作戌形，取義戌含一也。」不過有一些學者認爲天干和地支兩項，由於受了漢代陰陽五行思想的影響，許慎《說文》的說解並不是本義，而是假借義。例如「辰」字許慎說解爲形聲，但林義光在《文源》中主張應是「象上下脣及齒形」的象形字，而胡小石在《說文古文考》中說是「象人推耒」，郭沫若則認爲「辰」的本義是「耕器」〔註5〕，而不是陰陽氣息的消長。

11. 器用類

除了上列〈類聚〉中象形的分類外，由於〈類聚〉的內容都是有關天地自然的物體，因此不包括人造非天然生成的東西。所以根據徐鍇明白註爲「象形」的字中，還可整理出一類，即「器用類」。

「器用類」是指供人類使用的一些器物，包括食器的「豆」；飲酒用的「斝」；

〔註 5〕請參見《甲骨文字集釋》第十四卷第 4354 頁。

盛物用的「箕」；捕獸網的「畢」等。例如：

〈豆部〉 古文豆。臣鍇曰：「象形。」

〈斗部〉 玉爵也。……臣鍇曰：「然則吅亦象形也。」格雅反。

〈箕部〉 古文箕。臣鍇曰：「已上皆象形。」

〈華部〉 田罔也。……。臣鍇曰：「有柄网所以掩兔。張衡〈西京賦〉曰：『華蓋承辰，天畢前驅』此也。亦象形字。」卑聿反。

以上是依據字的「屬性」而將象形字歸爲十一類，在《說文繫傳》中，徐鍇註解中明白注出某字爲「象形」的情形很少，只有三十三字。因爲，一方面象形字本來就不多；另一方面由於許慎說解中已註出此字爲象形，而徐鍇也認同的，徐鍇就不再重複註解。所以，就造成徐鍇註「象形」的只有三十三個字的情形。

此外，徐鍇的註解中，也有類似饒炯《文字求眞》中將象形從圖畫的角度來觀察的情形，可惜那只是極少數而已。例如：

〈竹部〉 笠或省。臣鍇曰：「此直象形。《周禮》有梐枑，蓋以木作之，交互以爲遮閒也。」

〈箕部〉 古文箕。臣鍇曰：「此直象形也。」

二、指事的分析與舉例

（一）指事的意義

指事，班固稱爲「象事」，鄭眾稱爲「處事」。許慎在《說文解字・敘》中說：

指事者視而可識，察而見意，上、下是也。

「上」與「下」是兩個意義相背的字，而「上」、「下」概念的形成，首先必須有一個標準，標準訂立後，「上」與「下」才得以成立。並且概念的形成是隨著標準改變而更替的。以大樓爲例，若以三樓爲標準，則五樓爲「上」，一樓爲「下」；若以七樓爲標準，則一樓、五樓都是「下」了。所以，指事字的創立必先設定標準，以「一」象地，而始生「上」與「下」，正如徐鍇〈疑義〉中所說：

> 無形可載，有勢可見，則爲指事。上下之別起於互對，有下而上，上名所以立；有上而下，下名所以生，無定物也，故立一而下上引之，以見指歸，故曰「指事」。

而且，由於「象形、指事，義一也」，所以指事也和象形一樣是「文」。因此，根據徐鍇的詮釋，指事字應具備下列三個條件：

1. 無形可載，僅表達一種抽象的概念。如：「上」、「下」是表達高低的一種概念；「丂」是指气欲舒出而遇阻的樣子；「至」是鳥從高處向下飛到地，表示「到達」

的意思。

2. 造字之成始必先設立標準。例如：

〈寸部〉ᛐ 十分也。人手卻一寸動脈謂之「寸口」。從又一。凡寸之屬皆從寸。臣鍇曰：「一者，記手腕下一寸。此指事也。」麤巽反。

〈木部〉末 木上曰「末」。從木一其上也。臣鍇曰：「指事也。」門撥反。

〈又部〉反 覆也。從又厂反形。臣鍇曰：「厂，反手也。厂象物之反覆。此指事。」府晚反。

3. 指事字都是「文」。指事字通常由一個文加上一個象徵性的符號所組成。如「上」、「下」、「本」、「末」、「寸」等，它們都是由一個當作標準的「文」，加上一個象徵位置的「一」這個符號而組成的。《說文長箋》中引張有說：

> 事猶物也。指事者，加物於象形之文，直著其事，指而可識者也。

在「指事字是文」這點上，張有和徐鍇的觀點是一致的。

（二）指事的分類與舉例

有關指事的分類，鄭樵在《通志・六書略》中將指事分為兩大類：正生歸本和兼生，而兼生又分為事兼聲、事兼形、事兼意三類。王筠《說文釋例》中分正例、變例，而變例中又分為以會意定指事、以會意為指事、指事而兼形意與聲、就所從之字而少增之、省體指事、形不可象而轉為指事、借象形以為指事、借形聲以為指事而兼會意八種。朱駿聲《說文通訓定聲》「爻」字下列分指事為四類：指事、象形兼指事、會意兼指事、形聲兼指事。徐鍇在《說文繫傳》〈類聚〉中提到有兩類字是屬於指事的：

1. 數之類

「數之類」是指「一」、「二」、「三」、「四」、「五」、「六」、「七」、「八」、「九」、「十」、「百」、「千」十二個成數。徐鍇說：

> 是以一、二、三皆數而畫之也，積多則煩，故自「四」皆象也。四方之分，故象天地之分；「五」者，午也，陰陽之爭也。……「六」象陽之入伏陰也。……「七」象陽之升也。……「八」亦陰也，陰彌長無復陽，故象陰之分列而已也；「九」者，陽之極也。……「十」則數已終也，四方具焉；「百」者亦成數也。……「千」者數之彌大可舉也。

在「數之類」中除了「百」為會意，「千」為形聲外，「一」到「十」都是指事。

2. 詞之類

「詞之類」是指「於」、「者」、「余」、「乃」、「曰」、「兮」、「亏」、「粵」、「乎」、

「可」、「曾」、「弦」、「矣」、「知」等語助詞而言。由於此類造字、用字的狀況相類，因此列舉《說文繫傳》中所載許慎的說解五例如下：

〈兮部〉兮　乎者語之餘也。從兮象聲上越揚之形也。

〈乃部〉丂　曳詞之難也。象气之出難。

〈曰部〉曰　詞也。從口乙聲，亦象口气出也。凡曰之屬皆從曰。

按：徐鍇註解說：「今試言曰，則口開而气出也。凡稱詞者，虛也。語气之助也。」

〈亏部〉亏　於也。象气之舒亏，從丂從一，一者其气平之也。凡亏之屬皆從亏。

〈八部〉尒　辭之必然也。從入丨八，八象气之分散。

徐鍇說：

　　詞者，語之助也。……凡此數者皆虛也。無形可象，故擬其口气之出
入舒疾高下聚散以為之制也。

凡是象徵語詞的字，都是「气出」的樣子，所以，都當作指事用。至於「者」、「曾」、「矣」為形聲；「粵」、「可」為會意的情形，徐鍇說：

　　若夫「其」緩詞而象於「箕」；「云」發語而本於气；「夫」為民夫之
借；烏有烏鳥之名；……若此之類皆兼實，名則取象自別也，然則詞之虛
立與實相扶，物之受名，依詞取義。

因此，雖然「者」、「曾」、「矣」本為形聲；「粵」、「可」本為會意，但當它們作為「詞」時，就屬於指事了。

　　除以上兩種抽象的概念外，在徐鍇註解中明白注出某字為「指事」的六十九字中，還可以歸納出一類，即「位置類」。

3. 位置類

「位置類」表示這些指事字的抽象符號是用來象徵一個實體的位置。例如：

〈工部〉巨　規巨也。從工象手持之形。臣鍇曰：「今獨音炬。指事。」求許反。

〈木部〉果　木實也。從木象果形在木之上。臣鍇曰：「樹生曰果，故在上也。指事。」骨朵反。

〈馬部〉馽　絆馬也。從馬○其足。《春秋傳》曰：「韓厥執馽前。」讀若輒。臣鍇曰：「指事。」知習反。

〈品部〉喿　鳥群鳴也。從口在木上。臣鍇曰：「指事也。」斯奧反。

〈又部〉叉　手足甲也。從又象叉形。臣鍇曰：「指事。」側狡反。

　　「巨」的抽象符號是象徵手的位置，「果」的抽象符號是象徵果實的位置，「馽」的抽象符號是象徵繩圈的位置，「喿」的抽象符號是象徵群鳥的位置，而「叉」的抽

象符號是象徵手指甲的位置，它們都是用抽象的符號象徵實體位置，所以歸納成「位置類」。

三、會意的分析與舉例

（一）會意的意義

會意，班固稱為「象意」。許慎《說文解字・敘》曰：

> 會意者，比類合誼，以見指撝，武、信是也。

班、許「象意」與「會意」的異稱，大部分的學者都認為它們的意思是相同的，只有廖平在《六書舊義》中提出了不同的看法：

> 舊說不講「會」字，惟言「意」字，就許「會意」之名，猶可附會，若用班「象意」之名，則「會」字不可言矣。因誤據「會」字，遂將形事門中合體之字，闌入會意，而六書亂矣。……舊說以形事為獨體，會意為合體，此誤也。……非合象便不為形事也。而象意之字亦多獨體，造字如范金合土，取肖形模，豈拘獨合？此皆由誤解會意「會」字，穿鑿上字，不顧下字之過也。

在上文中，廖平認為形聲必為合體，而會意多為獨體。有關形聲和會意的獨、合體問題，許慎《說文解字・敘》中說：

> 倉頡之初作書，蓋依類象形，故謂之文。其後形聲相益，即謂之字。文者，物象之本；字者，言孳乳而寖多也。

而徐鍇在《說文繫傳》「上」字下也說：

> 象形者蒼頡本所起，觀察天地萬物之形謂之文，故文少。後相配合孳益為字，則形聲、會意者是也。……會意亦虛也，無形可象，故會合其意以字言之。

所以，在這個問題方面，徐鍇是承襲許慎的主張，認為形聲、會意二書都屬於合體的「字」。此外，徐鍇在〈疑義〉中曾說：

> 會意者人事也，無形無勢，取義垂訓，故作會意，載戢干戈，殺以止殺，故止戈則為「武」；君子先行其言，而後從之，去食存信，故人言必信。

而「事」字下徐鍇註中也說：

> 凡言「亦聲」備言之耳，義不主於聲。會意。

因此，根據徐鍇對會意的詮釋，則會意必符合下列三項條件：

1. 會意必會合體的「字」，且所合兩個以上的「文」均各有意。

2. 會意「無形可象」，所以不得兼形。

3. 凡言「亦聲」即爲會意，表示主義而不主聲。

（二）會意的分類與舉例

前人對於會意的類別有許多不同的分法，有從字形結構上來分類的，如：鄭樵《通志・六書略》分爲正生和續生兩類；王筠《文字蒙求》則將會意分成正例、變例；而王舟瑤的《說文會意字通釋》分類最繁，共分二十六類。此外，也有以字義來分類的，如：楊桓的《六書統》將會意分成天運、人體、數目、飲食、宮室……等十六類。

在《說文繫傳》中，個人依照徐鍇註「會意」或原爲「亦聲」的四百四十六字，歸納分析出兩大類，即單純會意和兼聲會意，而這兩大類又各分爲兩類。因此，共可分成四類：

1. 同體會意類

所謂「同體會意」是指會合兩個以上相同的「文」而組成一個「字」。其中又分由兩「文」所組成以及由三「文」所組成。例如：

（1）同二體會意

重二體會意的字，通常有「並」、「相對」、「盛」、「多」的意思。例如：

〈覞部〉覞 並視也。從二見。凡覞之屬皆從覞。臣鍇曰：「會意。」異召反。

〈夫部〉㚘 並行也。從二夫。輦字從此。讀若伴侶之伴。臣鍇曰：「會意。」步滿反。

〈㹜部〉㹜 兩犬相齧也。從二犬。臣鍇曰：「會意。」語殷反。

〈辡部〉辡 罪人相與訟也。從二辛。臣鍇曰：「會意。」皮緬反。

〈赤部〉赫 火赤貌。從二赤。臣鍇曰：「會意。」歇宅反。

〈戈部〉戔 賊也。從二戈。《周書》曰：「戔戔巧言。」臣鍇曰：「兵多則殘也。會意。」自閑反。

（2）同三體會意

林尹《訓詁學概要》中說：

> 造字之初，凡形容物的盛大，多三合其文以制字。〔註6〕

因此，同三體會意的字也有「眾」、「盛」、「多」的意思。例如：

〈惢部〉惢 心疑也。從三心。凡惢之屬皆從惢。讀若《易》云「旅瑣瑣」。臣鍇曰：「疑慮不一也，故從三心。會意。」津宜反。

〔註 6〕請參見林尹先生《訓詁學概要》第 191 頁

〈犬部〉猋 犬走貌。從三犬。臣鍇曰：「飆、飆從此。會意。」必遙反。

〈石部〉磊 眾石也。從三石。臣鍇曰：「會意。」落浼反。

〈車部〉轟 群車聲。從三車。臣鍇曰：「會意。」昏耕反。

在《說文》裡還有同四體會意，如：燚、茻、珏等，但由於它們不在徐鍇註解為會意的字裡，所以不歸類舉例。

2. 異體會意類

（1）異二體會意

會意以合二體的情形最多，而從兩個文間的關連性來看，又可分為「順敘為意」（從某某）和「對峙為意」（從某從某）兩種。此外，還有一種會意字，是將形聲字或會意字以反體的形式來表達意義的，在徐鍇註為會意的四百四十六字中，這樣的字只出現兩個，而且都屬於異二體的。除了以上三類外，還有一種會意字既不屬於順敘，也不屬於對峙，而以兩文相對位置的上下、內外來表達字義，於是另外歸為一類，並分別舉例如下：

a. 順敘為意：即《說文》中「從某某」的會意字，兩文有前後的順序關係，所以在敘述時第一個「某」字和第二個「某」字的位置不能交換。

〈系部〉孫 子之子也。從子系，續也。臣鍇曰：「會意。」素昆反。

〈又部〉取 捕取也。從又耳。……巨鍇曰：「會意。」此矩反。

〈口部〉启 開也。從戶口。臣鍇按：「……會意。」溪櫺反。

〈放部〉敖 出游也。從出放。臣鍇曰：「《詩》云：『以敖以遊，遊有所詣』敖猶翱翔。會意。」顏叨反。

〈刀部〉初 始也。從刀衣。裁衣之始也。臣鍇曰：「……會意。」測居反。

b. 對峙為意：即《說文》中「從某從某」的會意字。兩文間沒有順序的關係，因此，兩文的位置也可以互換。

〈亼部〉侖 思也。從亼從冊。臣鍇曰：「思，思理也；冊，冊書也；亼，集冊書也。會意。」呂辰反。

〈呂部〉躬 身也。從呂從身。臣鍇曰：「背呂也，此會意。」鞠窮反。

〈耳部〉聯 連也。從耳，耳連於頰，從絲，絲連不絕也。臣鍇曰：「《周禮》官府之聯事謂大事，非一官所了者，眾共成之也。會意。」鄰延反。

〈華部〉皣 艸木白華也。從華從白。臣鍇曰：「……會意。」炎捷反。

〈八部〉公 平分也。從八從厶，八猶背也。韓非曰：「背厶為公。」臣鍇曰：「厶，不公也。會意。」君聰反。

c. 反體為意：即《說文》中「從反某」的會意字。由於造字的方法中以象形、

指事為文，會意、形聲為字，所以此二字必由形聲、會意得。文的反體還是文，字的反體才是字，因此，象形、指事的反體絕不可歸為會意。

〈印部〉𢑏 按也。從反印。臣鍇曰：「印者外向，而印之反印為內自抑也。會意。」憂仄反。

〈身部〉𠂆 歸也。從反身。凡身之屬皆身。臣鍇曰：「人之身有所為常外向、趣外事，故反身為歸也。古人多反身修道。會意。」於機反。

《說文》說：「印，執政所持信也。從爪卪。」為會意字。而「身，躬也，從人／聲。」為形聲字，雖然「身」字可能是象形，但在此徐鍇是把它視為形聲的「文」，才會將它的反體當成會意。

d. 相對為意：兩文有上下、內外的相對關係。

〈之部〉坒 艸木妄生。從之在土上，讀若皇。臣鍇曰：「妄生謂非所生而生。吏曰：『芳蘭當門，又莠生門上』故從之在土上，土上益高非其宜也。會意。」戶荒反。

〈厂部〉厃 仰也。從人在厂上。臣鍇曰：「危字從此。會意。」語委反。

〈凶部〉兇 擾恐也。從人在凶下。《春秋傳》曰：「曹人兇懼。」臣鍇曰：「象亂而懼也。會意。」勗恐反。

〈門部〉閑 闌也。從門中有木。臣鍇按：「《易》曰：『閑邪存其誠』。陶潛有〈閑情賦〉謂闌止其情欲也。會意。」候艱反。

〈犬部〉戾 曲也。從犬出戶下。戾者，身曲戾也，臣鍇曰：「犬善出卑戶也。會意。」婁惠反。

（2）異三體會意

〈戈部〉或 邦也。從口、戈以守一。一，地也。臣鍇曰：「口音圍，此會意。」于抑反。

〈易部〉昜 開也。從日、一、勿。一曰：飛揚；一曰：長；一曰：強者眾貌。臣鍇曰：「日所以開明，勿旌旗得風開展，一所以開也。會意。」猶良反。

〈舟部〉俞 空中木為舟。從亼從舟從巜。巜，水也。臣鍇曰：「亼者，取二合之義。巜音澮。俞猶窬穿之義。會意。」羊朱反。

〈皿部〉盥 澡也。從臼、水臨皿。《春秋傳》曰：「奉匜沃盥。」臣鍇曰：「會意。」古翰反。

〈竹部〉簋 黍稷方器也。從竹從皿、皀。臣鍇曰：「皀，皮逼反。米粒也。會意。」居水反。

（3）異四體會意

〈广部〉釐 畝半一家之居。從广、里、八、土。臣鍇曰：「古百步爲畝，三畝爲里，一畝半，半里也，故從里。里、八、土，八，半分也。會意。」荼連反。

〈夊部〉夒 一貪獸也。一曰：母猴似人。從頁、己、止、夊其手足。臣鍇曰：「止，手也。夊，足也。今作猱同。擾從此。會意。」能曹反。

〈二部〉亟 敏疾也。從人、口、又、二。二，天地也。臣鍇曰：「承天之時，因地之利，口謀之，手執之，時乎時不可失疾也。會意。」气至反。

3. 會意兼聲類

由於徐鍇認爲凡是許愼說解中註「亦聲」的，表示這個字以「意」爲主。例如：

〈丑部〉羞 進獻也。從羊，羊所進也。從丑，丑亦聲。臣鍇曰：「丑，手進也。會意。」息抽反。

〈叕部〉綴 合箸也。從糸從叕亦聲。臣鍇曰：「會意。」誅稅反。

〈女部〉婢 女之卑者。從女卑，卑亦聲。臣鍇曰：「會意。」頻旨反。

〈立部〉竦 敬也。從立束，束自申束也，亦聲。臣鍇曰：「立自竦也。會意。」思奉反。

〈井部〉阱 陷也。從自井，井亦聲。臣鍇曰：「自其岸。會意也。」從性反。

所以僅管徐鍇有時並沒有在註解說明此字是會意，但也應當視爲徐鍇所認同的會意。

4. 當為會意兼聲類

所謂「當爲會意兼聲」，表示在許愼說解中是「從某某聲」的形聲字，而徐鍇認爲它們是會意的這些會意字。

〈艸部〉菜 艸之可食者。從艸采聲。臣鍇曰：「采亦聲。少『亦』字。」此載反。

〈日部〉昵 或從尼作。臣鍇曰：「尼亦聲。」

〈夕部〉夢 不明也。從夕瞢省聲。臣鍇曰：「當言瞢亦聲，寫少『亦』字。」木空反。

〈穴部〉穴 土室也。從宀八聲。凡穴之屬皆從穴。臣鍇曰：「當言八亦聲。」乎決反。

〈帛部〉帛 繒也。從巾白聲。凡帛之屬皆從帛。臣鍇曰：「當言白亦聲，脫『亦』字也。」陪陌反。

四、形聲的分析與舉例

（一）形聲的意義

　　形聲，班固稱爲「象聲」，鄭眾稱爲「諧聲」，戴侗稱爲「龤聲」，而廖平則稱爲「形事」。許愼《說文解字・敘》說：

　　　　形聲者，以事爲名，取譬相成，江、河是也。

段玉裁《說文解字注》解釋說：

　　　　　「事」兼指事之「事」、象形之「物」，言物亦事也。「名」即「古曰
　　　　名、今曰字」之「名」。譬者，諭也；諭者，告也。以事爲名謂半義也；
　　　　取譬相成謂半聲也。江、河之字以水爲名，譬其聲如工、可，因取工、可
　　　　成其名。別於指事、象形者，指事、象形獨體，形聲合體。其別於會意者，
　　　　會意合體主義，形聲合體主聲。……亦有一字二聲者，有亦聲者，會意而
　　　　兼形聲也；有省聲者，既非會意，又不得其聲，則知其省某字爲之聲也。

對於形聲「亦聲」的意義，徐鍇和段玉裁的詮釋有一點歧異，徐鍇認爲形聲是「形
體不相遠不可以別，故以聲配之爲分異」。所謂形聲字，事實上就是以聲來分辨形體
相近的字而產生的，他在〈疑義〉中說：

　　　　　無形可象，無勢可指，無意可會，故作形聲。江、河四瀆，名以地分；
　　　　華岱五岳，號隨境異，逶迤峻極，其狀本同，故立體於側，各以聲韻別之。
　　　　六書之中，最爲淺末，故後代滋益多附焉。

由於形聲字是「無意可會」的，所以，凡是「有意可會」而又兼聲的「亦聲」字，
徐鍇便把它歸在會意中，而不是歸類在形聲。

　　此外，部分學者對於徐鍇認爲形聲是「六書之中，最爲淺末」的說法感到不滿，
不過，形聲字大多是由一個形符加上一個辨識用的聲符所組成，方法最簡單，而且，
由於徐鍇把轉注、假借視爲用字的方法，所以形聲字也是六書造字的最後一種方法，
因此，徐鍇說形聲是「六書之中，最爲淺末」，事實上並沒有貶低形聲的意思。

（二）聲符問題的探討

　　關於形聲字聲符的問題，歷來學者所討論的不外乎兩個問題：一爲聲符位置的
問題，一爲聲符兼不兼義的問題。聲符問題的討論，在宋代有王聖美和張世南的「右
文」說。王聖美曾作《字解》，但今已不傳，他的「右文」說的記載僅見於沈括《夢
溪筆談》卷十四：

　　　　　王聖美治字學，演其義以爲右文，古之字書，皆從左文，凡字，其類
　　　　在左，其義在右，如木類，其左皆從木，所謂右文者，如：戔、小也。水

之小者曰「淺」，金之小者曰「錢」，歹而小者曰「殘」，貝之小者曰「賤」，如此之類，皆以「戔」爲義也。〔註7〕

而張世南在《游宦記聞》卷九中也有同樣的主張，他說：

自《說文》以字畫左旁爲類，而《玉篇》從之，不知右旁亦多以類相從，如：「戔」有「淺小」之義，故水可涉者爲「淺」，疾而有所不足爲「殘」，貨而不足貴重者爲「賤」，木而輕薄者爲「棧」。「青」字有「精明」之義，故日之無障蔽者爲「晴」，水之無涵濁者爲「清」，米之去麤皮者爲「精」，凡此皆可類求，聊述兩端，以見其凡。

對於聲符右文兼義的問題，徐鍇在《說文繫傳》中也曾淺略地談過，他在〈通釋〉的上字下說：

形聲者，以形配聲，班固謂之「象聲」，鄭玄注《周禮》謂之「諧聲」。象則形也。諧聲言以形諧合其聲，其實一也。江、河是也，水其象也，工、可其聲也。若「空」字、「雞」字等形，或在上，或在下，或在左右，亦或有微旨，亦多從配合之宜，非盡有義也。

另外，他在〈耳部〉「耿」字下也註解說：

今按鳥部多右形左聲，不知此言（凡字皆左形右聲）後人加之邪？將傳寫失之邪！

所以，在宋人提出「右文」說以前，徐鍇已經說明就形聲的聲符位置而言，「右文」說是不可行的，因爲形聲的聲符位置不定，上、下、左、右都以和形符配合得宜爲主，至於聲符的兼義問題，他則主張「或有微旨，非盡有義」，茲就其說例舉如下：

1. 聲符位置不定，以配合為宜

形聲字以半形、半聲的形式最多，在結構上又可分爲左形右聲、右形左聲、上形下聲、下形上聲、外形內聲、內形外聲等，還有將形符和聲符重疊或相雜的，以及省聲等，例如：

a. 左形右聲

〈豐部〉**豔** 好而長也。從豐，豐，大也。盍聲。《春秋傳》曰：「美而豔」。臣鍇曰：「容色豐滿也。」羊染反。

〈禾部〉**秜** 稻今年落，來年自生，謂之「秜」。從禾尼聲。臣鍇曰：「即今云：穭，生稻也。」利之反。

b. 右形左聲

〔註 7〕請參見四庫本子部第一六八冊雜家類《夢溪筆談》卷十四第 790 頁。

〈頁部〉𩠐 頭頵也。從頁君聲。臣鍇曰：「頭大也。」宛旬反。

〈亏部〉𣨞 气損也。從亏虐。臣鍇曰：「气闕則其出舒遲，故從。」起爲反。

c. 上形下聲

〈此部〉紫 職也。從此束聲。一日：藏也。臣鍇曰：「或書禽，觜作此。」子累反。

〈艸部〉蓁 艸盛貌。從艸秦聲。臣鍇曰：「蓁蓁相湊也。」側詵反。

b. 下形上聲

〈兮部〉𧮫 驚辭也。從兮旬聲。臣鍇曰：「兮亦气也。」息允反。

〈羊部〉羣 輩也。從羊君聲。臣鍇曰：「羊性好群居也。」具分反。

e. 外形內聲

〈宋部〉𣗳 艸木宷孛之貌也。從宋畀聲。臣鍇曰：「宷孛，宋盛四散之貌。故孛宷聲相近。」魚卉反。

〈口部〉國 邦也。從口或聲。臣鍇曰：「口其疆境也。或亦域字。」古或反。

f. 內形外聲

〈旨部〉𢍰 口味之也。從旨尙聲。臣鍇曰：「口試其味也。」射強反。

〈禾部〉𥠄 轢禾也。從禾安聲。臣鍇曰：「車行禾上也。」思旰反。

g. 聲形相雜

〈木部〉𣚹 籀文。臣鍇曰：「從木己象其屈盤，畾聲。」

〈重部〉重 厚也。從壬東聲。凡重之屬皆從重。臣鍇曰：「壬者，人在土上，故爲厚也。」柱用切。

h. 省聲

〈熊部〉熊 獸似豕。山居多蟄。從能炎省聲。凡熊之屬皆從熊。臣鍇曰：「熊，陽物，故多蟄。」于戎反。

〈冏部〉商 從外知內也。從冏章省聲。臣鍇曰：「商略之也。以內知外，言不出也。」式陽反。

2. 聲符非盡有義

在《說文繫傳》中的形聲字未必都兼義，但如果含有微旨的，徐鍇也會在註解中加以闡釋，例如：

〈頁部〉顀 出頟也。從頁隹聲。臣鍇曰：「言頟如椎也。」眞誰反。

〈辵部〉絞 會也。從辵交聲。臣鍇曰：「往來交會也。」姑肴反。

〈生部〉甤 草木實甤甤也。從生豕聲。「豨」字讀若綏。臣鍇曰：「豕，甤聲。相近生子之多莫若豕也。」耳佳反。

〈欠部〉𣣋 飢虛。從久康聲。臣鍇曰：「歉猶康，空也。」彄莊反。

〈革部〉靷 引軸也。從革引聲。臣鍇曰：「所以前引也。」矢引反。

（三）鍇註為「形聲」的分類與舉例

在六書中，形聲字是最多的一種，不過，由於形聲字「最為淺末」，不易錯判，所以在〈通釋〉中徐鍇註解為形聲字的也不多，一共只有四十八字，而根據這些註解的內容，大致可分成四類：

1. 許慎的諱字

〈通釋〉中，有三個是後漢帝名，在許慎當時因避諱而不加說解，但可看出是形聲字的，徐鍇就在註解上註明「從某某聲」。例如：

〈示部〉祜 上諱。臣鍇按：「此字後漢安帝名，臣不可議君父之名，故言『上諱』。……臣以為從示古聲。」胡故反。

〈艸部〉莊 上諱。臣鍇曰：「後漢孝明帝諱，故許慎不解說而最在前也。臣鍇以為莊盛飾也，故從艸壯聲。壯亦盛也，又道路六達謂之莊，亦道路交會之盛也。」側羊反。

〈火部〉炟 後漢章帝名也。臣鍇以為：「從火旦聲。」多枿反。

2. 某聲應為省聲

〈通釋〉中，有三個是許慎解為「從某某聲」，而徐鍇認為應該作省聲的。例如：

〈犬部〉狀 犬形也。從犬爿聲。臣鍇曰：「當言狀省。」側上反。

〈心部〉忉 怒也。從心刀聲。臣鍇曰：「當言刈省，疑脫誤。」偶喙反。

〈人部〉俙 訟面相是也。從人希聲。臣鍇曰：「面從相質正也，疑當言從稀省聲。」虺豈反。

3. 辨識形聲與會意

許慎說文的說解中，對異體的形聲字大多只提到結構組成為「從某某」，而容易讓人誤以為是順敘為意的會意字，所以徐鍇便加上「某聲」來區別。在〈通釋〉徐鍇註解為形聲的字中，這樣的字最多，有三十一個。其中或體有十七個字，古文有八個字，籀文有四個字，俗體有兩個字。例如：

〈木部〉銛 或從金亏。臣鍇曰：「亏聲。」

〈田部〉畂 或從十久。臣鍇曰：「十其制，久聲。」

〈示部〉禥 籀文從基。臣鍇曰：「基聲也。」

〈鼓部〉鼓 籀文鼓從古。臣鍇曰：「古聲。」

〈竹部〉 匧 古文簠從匚夫。臣鍇曰：「夫聲。」

〈日部〉 旹 古文從日之作。臣鍇曰：「之聲。」

〈呂部〉 躳 俗或從弓身。臣鍇曰：「弓聲。」

〈禾部〉 稉 俗秔。臣鍇曰：「更聲。」

4. 詮釋聲符得聲的原因或異議

在〈通釋〉徐鍇註解爲形聲的字中，有十個字是用來詮釋聲符得聲的原因，有一個字則是徐鍇和許慎對聲符判定意見相左的。例如：

〈言部〉 謚 行之跡也。從言兮皿聲。臣鍇曰：「以行易其名也。臣以爲：皿非聲，兮聲也。疑脫誤。」常利反。

按：段玉裁《說文解字注》「謚」字下注：「按各本作從言兮皿，闕。此後人妄改也。考玄應書引《說文》：『謚，行之跡也。從言益聲。』《五經文字》曰：『謚，《說文》也。謚，《字林》也。《字林》以謚爲笑聲，音呼益反。』《廣韻》曰：『謚，《說文》作謚。』《六書故》曰：『唐本《說文》無謚，但有謚，行之跡也。據此四說，《說文》從言益無疑矣。』」倘若「謚」同「謚」，則「益」音「伊昔切」，上古音在影紐、錫部第十一。「皿」音「武永切」，上古音在明紐、陽部第十五。「兮」音「胡雞切」，上古音在匣紐、支部第十。從聲部和韻部來看，「益」與「兮」的關係都比「皿」近，所以「謚」應爲「兮聲」而不是「皿聲」。

〈土部〉 堙 塞也。從土西聲。……臣鍇按：「古賦多呼西爲先，叶韻。故得與𡉚爲聲。」伊倫反。

〈一部〉 丕 大也。從一不聲。臣鍇曰：「古音不若夫，故得不爲丕字之聲也。」鋪眉反。

〈人部〉 代 更也。從人弋聲。臣鍇曰：「迭代也。弋音近特，故得以弋爲聲也。」徒再反。

按：「弋」音「與職切」，「特」音「徒得切」，上古音同在定紐、職部第二十五，因此，「弋」與「特」音同。

〈木部〉 㭸 槌也。從木特省聲。臣鍇曰：「㭸、特近今之旁紐。古者質也。」知白反。

按：「㭸」音「陟革切」，上古聲在端紐。「特」音「徒得切」，上古聲在定紐。兩字諧聲偏旁相同，所以上古韻部同爲職部第二十五，兩字確實是發音部位相同的疊韻字。

五、轉注的分析與舉例

（一）轉注的定義

許慎《說文解字・敘》中說：

> 轉注者，建類一首，同意相受，考、老是也。

歷來學者對於轉注的定義雖然多遵循許慎的說法，但由於許慎的說解過於簡略，尤其是「建類一首」的意思不夠明確，後代學者只能依照自己的想法來揣測許慎的說法，所以意見也就更分歧了。如今歸納學者們的主張，對於轉注的看法大約可分成三派：

1. 主形派

這一派的學者認為轉注字主要是因為形體關係而產生。這個主張最早出現在唐朝裴務齊的《切韻・序》中，他說：

> 「考」字左回，「老」字右轉。

而鄭樵在《通志・六書略》中也說：

> 轉注別聲與義，故有建類主義，亦有建類主聲，有互體別聲，亦有互體別義。

江聲更進一步以許慎的注書體例來詮釋轉注的意義。他在〈六書說〉中說：

> 說文解字一書凡分五百四十部，其始一終亥五百四十部之首，即所謂「一首」也。下云：凡某之屬皆從某，即「同意相受」也。

此外，戴侗、楊桓、曾國藩、黃以周、力鈞等，都是主形派的學者。

2. 主音派

這一派的學者認為「一字數音」是轉注產生的主要原因。這個說法最早是由宋代的張有提出的，他在《復古篇》中說：

> 轉注者，轉其聲注其義是也。一字異聲別義者為轉注，同聲別義者為假借。

而楊慎《轉注古音略》中說：

> 周官保氏六書終于轉注，其訓曰一字數音，必展轉注釋而後可知。

此外，顧炎武、趙則古、趙宧光等，都是主音派的學者。

3. 主義派

這一派的學者認為轉注就是類似《爾雅・釋詁》互訓的方式，在他們的論點中，雖然偶爾也提到關於字形、字音的部分，但是字義的關係還是轉注的必要條件。徐鍇在〈通釋〉「上」字下說：

　　　　「轉注者，建類一首，同意相受」，謂老之別名有耆、有臺、有壽、
　　有耄，又孝子養老是也。一首者，謂此孝等諸字皆取類於老，則皆從老。
　　若松柏等皆木之別名，皆同受意於木，故皆從木。後皆象此。轉注之言若
　　水之出源，分歧別派爲江、爲漢各受其名而本同主於一水也。又若醫家之
　　言病疰，故有鬼疰，言鬼气轉相染箸注也。而今俗說謂丂左回爲考，右回
　　爲老，此乃委巷之言，且又考、老之字皆不從丂，丂音考，老從匕，音化
　　也。……凡五字試依《爾雅》之類言之，耆、臺、耄、壽，老也。又老、
　　壽、臺、耄、耆可同謂之老，老亦可同謂之耆，往來皆通，故曰：轉注，
　　總而言之也。

而〈疑義〉卷中也說：

　　　　屬類成字，而復於偏旁訓，博喻近譬，故爲轉注。人毛匕（音化）爲
　　老，壽、耆、臺亦老，故以老字注之，受意於老，轉相傳注，故謂之轉注，
　　義近形聲而有異焉。形聲江、河不同，灘溼各異，轉注考、老實同，妙好
　　無隔，此其分也。

徐鍇是主義派的始祖，他認爲轉注並不注重形體，只要在字義上能夠互相訓釋就可
以了。其他如：戴震、段玉裁等多位知名的學者，也都或多或少受到徐鍇的影響，
而主張轉注是字義互訓的關係。

　　以上是有關轉注的三派說法。不過，現今大多數的學者都認爲章太炎「經以同
訓，緯以聲音」的說法是比較恰當的詮釋。他在《國故論衡》中說：

　　　　字之未造，語言先之矣。以文字代語言，各循其聲，方語有殊，名義
　　一也。其音或雙聲相轉，疊韻相迤，則爲更制一字，此所謂轉注也。何謂
　　「建類一首」，「類」謂「聲類」，古者類律同聲，以聲韻爲類，猶言律矣。
　　「首」者，今所謂「語基」。考、老同在幽類，其義相互容受，其音小變，
　　按形體成枝別，審語言同本株，雖製殊文，其實公族也。……循是以推，
　　有雙聲者，有同音者，其條例不異。適舉考、老疊韻之字，以示一端，得
　　包彼二者矣。故明轉注者，經以同訓，緯以聲音，而不緯以部居形體，同
　　部之字，聲近義同，固亦有轉注者矣。

所以，他認爲轉注關係的形成，主要是由於音近義同，至於部居形體，則不是轉注
的必須條件。

（二）轉注字之間的關聯性

　　從以上的定義中可知，轉注字的判定有主形、主音、主義或兩兩相合的，但是

用來考證許慎的定義，卻都有部分的不足。徐鍇主重字義，忽略了「考」、「老」同部疊韻的關係；而章太炎主義兼聲，卻也不能圓滿解釋何以許慎偏偏舉同部首的「考」、「老」爲例的原因。

在《說文解字‧敍》中，許慎舉「考」、「老」兩字爲轉注的例子，可見「考」、「老」兩字的關係應該足以解釋「建類一首，同意相受」的意義。現從字形、字音、字義三方面來分析「考」、「老」兩字的關聯，以探求許慎轉注的眞義。

1. 在字形方面

在現今出土的甲骨文中，「考」和「老」在形狀幾乎完全相同，只是「考」比「老」多「｜」一根類似拐杖的東西：

〈考〉 𦒶 出自《殷契書契前編》八卷第七‧三五‧二號。

𦒶出自《戰後津京新獲甲骨集》四卷第一四八七號。

〈老〉 𦒱 出自《殷契卜辭》一卷第六五四號，《校正甲骨文編》中說：「象老人佝背之形。」

在金文中，字體雖然已有改變，但在一些古器物上還是有相似的字體出現，例如：

〈考〉 𦒶 出自「杜伯盨」。

〈老〉 𦒱 出自「叟季良父壺」。

到了小篆中，「考」和「老」各別的特徵都很明顯了，所以《說文解字》中記載：

〈老部〉 𦒱 老也。從老省，丂聲。

〈老部〉 𦒶 考也。從人、毛、匕。言須髮變白也。凡老之屬皆從老。

從以上「考」和「老」字形的演變上，可知轉注字的字形在創造的最初就已經很相似，到了許慎的《說文解字》中更成爲同部首的字。

2. 在字音方面

《廣韻》中記載：「考，苦浩切。」而「老，盧皓切。」上古韻部同在幽部第二十一，至於聲紐方面，根據黃季剛先生的古聲十九紐的比對，「考」是在牙音溪母，而「老」是在舌音來母，所以在字音方面，「考」和「老」是同韻類的關係。

3. 在字義方面

《說文解字》中說：「考，老也。」、「老，考也。」「考」和「老」是互訓的，所以它們是意義相同的同義字。

綜合以上三方面的說法，可以得到一個結論：所謂「轉注」就是把同部首、同韻類的字賦予相同的字義。則「建類一首，同意相受」應該是指在字音方面要同韻類；在字形方面是同一個部首；而在字義方面也是完全相同的。正如朱宗萊在《文

字學形義篇》中所說：

> 余意「建類」之「類」爲「物類」，謂形也。「一首」爲語基，謂音也。
> 「同義相受」即數字共一義，謂義也。

所以，轉注字之間在形、音、義三方面應該都是有關聯的。不過，形、音、義的聯結雖然是轉注的原則，但在使用的時候，必定無法完全遵照這樣嚴格的規定。因此，由於「同意相受」，字義的相同可說是不可省略的條件，而古人授業多以口傳，於是字音也是重要的條件之一。由此可見，當形、音、義三方面不能兼顧的時候，字形就變成唯一能夠忽略的條件了。

　　總而言之，個人認爲轉注的原則應該是兼顧形、音、義三方面的，但是在方法的運用上，章太炎的說法則可算是比較周延的了。

（三）轉注造字或用字的問題

　　自從戴震提出「四體二用」的說法後，轉注和假借爲造字或用字的問題就受到學者們廣泛的爭論。綜合歷來學者們的觀點，大致上可分爲兩類：

1. 轉注是造字的方法

這一派主張以魯實先先生爲代表，他在《轉注釋義》中說：

> 許氏以「建類一首，同意相受」釋之，是如釋會意、形聲之比，皆爲造字規模，非謂《說文》義例。

而許錟輝在〈魯實先先生《轉注釋義》述例〉一文中更闡釋說：

> 魯實先先生在《轉注釋義》中，指出轉注是造字之法。由於初文音義轉迻，從而孳乳出新字，或存其初義、或明其義訓，是爲義轉之例；或符其古今音變、或合其方俗異讀，是爲音轉之例。以聲韻觀之，則有同音轉注、雙聲轉注、疊韻轉注之別；以初文轉迻觀之，則有義轉、音轉之別。義轉之轉注字必爲同音，音轉之轉注字必爲雙聲或疊韻。要之，轉注一書是承一個初文而有意續構新字的轉注法，……。

2. 轉注是用字的方法

本派學者大多認爲轉注是「造字的原則，用字的方法」。章太炎在《國學略說・小學略說》中提到：

> 轉注、假借，就字之關聯而言；指事、象形、會意、形聲，就字之個體而言。雖一講個體，一講關聯，要皆與造字有關。

而黃季剛先生也在《說文綱領》中說：

> 蓋考、老爲轉注之例，而一爲形聲，一爲會意。令、長爲假借之例，

而所託之事不別製字。則此二例已括於象形、指事、形聲、會意之中，體
用之名，由斯起也。

對於轉注為造字或用字的問題，個人認為首先必須先釐清「造字」的定義問題。《說文解字》中說：「造，就也。」《廣雅》說：「造詣也。」而段玉裁則注說：「後引申為凡成就之言。」如果「造字」是當作「成就一個字」的話，一個字從形體的產生到字義完成的所有過程都算是「造字的方法」，也就是說「造字的方法」包括「文字的製造」和「文字的運用」，是一種廣義的「造字」；至於狹義的「造字」則專指「文字的製造」，而不包括「文字的運用」。

今就狹義的造字方法來看，個人比較贊成轉注是「造字的原則，用字的方法」。因為如果把轉注視為造字的方法，則轉注的兩字必須一個是初文，一個是轉注後的新字，而轉注的兩字之間又多了一個先後的關係。

雖然從《說文解字》的說解看來，「考」字是「從老省，丂聲。」，「老」字的產生在「考」字之前。但是，如果轉注產生的原因之一是像許篤仁在〈轉注淺說〉中所說的「方言不同」，或許「甲地曰惶，乙地曰恐，丙地曰懼」，則轉注字之間就未必一定有先後關係了。況且若從現存的甲骨文來比對「老」和「考」字，實在也不容易確定它們的先後關係。

六、假借的分析與舉例

（一）假借的意義

許慎《說文解字·敘》說：

> 假借者，本無其字，依聲託事，令長是也。

而徐鍇〈通釋〉「上」字下註也說：

> 假借者，古省文從可知。故令者，使也，可借為使令。長者長上也，可借為長幼。諸如此類皆以旁字察之則可知。至春秋之後，書多口授，傳受之者未必皆得其人，至著於簡牘，則假借文字不能皆得其義相近者，故經傳之字多者乖異疏，《詩》借「害」為「曷」之類是也。後人妄有作文字附益之，故今假借為少。假者，不真也；借者，同門也，若《周禮》使萬民一鄉一鄙共用祭器、任器、樂器是也。

根據《說文》記載：「令，發號也。」段玉裁注：「發號者，發其號呼以使人也，是曰『令』。〈人部〉曰：『使者，令也。』」又「長，久遠也。」段玉裁注：「久者不暫也，遠者不近也，引申之為滋長、長幼之『長』。」因此，徐鍇認為最初假借義能「以旁字察之則可知」，所以它和本義有意義上的關聯。不過，後來由於環境的影響，而

使得假借的情形也跟著改變，許多字不能「皆得其義相近者」，假借義和本義之間，也失去了原有的關聯性。徐鍇在〈疑義〉中又解釋說：

> 五者（象形、指事、會意、形聲、轉注）不足，則假借之，古人簡易之意也，出令（去聲）所以使令（平）或長（平）於德，或長（上聲）於年，皆可爲長，故因而假之，若衣（平）在體爲衣（去），巾（平）車爲巾（去）之類也，此聖人制字之大倫。
>
> 而中古之後，師有愚智，學有工拙，智者據義而借，令、長之類是也。淺者遠而假久，若《山海經》以俊爲舜，《例子》以進爲盡也。又有本字湮沒，假借獨行，若春秋莅盟本宜作隸，今則爲莅，省者是也；簡婿之字本當從女，今之婿字世所不行，從便則假借難移，論義則宜有分別。

在這一段說明中，徐鍇更進一步分析了借的情形，他認爲假借最主要的條件是「依聲」，所以他又補充了「衣」、「巾」等字爲例。至於在字義上，最好的假借義是和本義有關聯的，其次是只有「聲」方面相關，此外還有一類是本字已經不用或另行他用，現在只用假借字的，這類「本字湮沒」的假借字取代了原有的本字，有時已經很難去辨識眞假了。由此可知，徐鍇所謂的「假借」是屬於較廣義的假借，只要通過語言的條件，不論假借字和被借字之間有沒有關聯，都算是假借。

（二）假借本義與假借義的關聯性

有關假借意義關聯性的問題，基本上有下列三派主張〔註8〕：

1. 主張假借有意義上的關聯

徐鍇是最早提出假借義應該和本義有關聯的人，後來也有一些學者贊成徐鍇的主張，如戴震在〈答江愼修先生論小學書〉裡說：

> 一字具數用者，依于義以引申，依于聲而旁寄，假此以施于彼，曰「假借」。〔註9〕

而潘重規先生在論述「假借」時，也特別強調意義關聯的必然性，他說：

> 我們所要特別注意的，是假借字所借的字，必定與它所要表達的意義有意義的關聯，如鳥棲的西，與西方的西，意義上是有關聯的。〔註10〕

此外，章太炎、陸宗達等學者也都有相同的主張，他們都是從假借初義的方面來談假借的。

〔註8〕關於這個問題，本師孔仲溫先生在《類篇字義析論》一書中有極爲精闢的分析與歸納，因此，本文僅做簡述，詳細情形敬請參酌《類篇字義析論》第六章第147至156頁。
〔註9〕請參見《說文解字詁林》第一冊前編中「六書總論」第891頁。
〔註10〕請參見潘重規先生《中國文字學》第84頁。

2. 主張假借沒有意義上的關聯

這個主張的早期代表是戴侗和朱駿聲。《四庫提要・六書故》裡說：

> 盡變《說文》之部分，實自侗始。其論假借之義，謂前人以令、長為假借，不知二字皆從本義而生，非由外借，若韋本為韋背，借為韋革之韋；豆本為俎豆，借為豆麥之豆。凡義無所音，特借其聲者，然後謂之假借。

〔註11〕

他認為許慎舉「令」、「長」為例，是由於混淆了引申和假借的原故。至於朱駿聲則把「令」、「長」的例子當作轉注，而另外舉「朋」、「來」為假借的舉例。這兩個人的主張對後人有很大的影響，如魯實先先生在《假借遡原》裡曾說：

> 所謂引伸者，乃資本義而衍繹；所謂假借者，乃以同音而相假，是其原流各異，而許氏乃合為同原，此近人所以有引伸假借之謬說亦不可據以釋六書之假借也。〔註12〕而唐蘭、高亨、龍宇純先生、向夏、裘錫圭等多位學者，也都認為「令」、「長」的例子舉錯了。

不過，在這派學者中也有認為許慎舉的例子沒錯，如梁東漢就認為「令」、「長」的本義早已消失，《說文》中兩字的意義就是假借義，所以許慎舉「令」、「長」為假借的例子是恰當的〔註13〕。

3. 主張假借包括「有意義關聯」和「不涉字義」兩種

徐鍇在《疑義》卷裡曾提到「淺者遠而假之」，雖然徐鍇主張假借的本義和假借義要有關聯，可是實際上的狀況卻無法盡如人意，所以事實上假借的情形包含了「有音義關聯」和「只有聲音關係」兩種。如黃季剛先生就曾提出假借有「有義」和「無義」兩種，他說：

> 假借之道，大別有二，一曰有義之假借，二曰無義之假借。有義之假借者，聲相同而字義又相近也。無義之假借者，聲相同而取聲以為義也。

〔註14〕

此外，朱宗萊在《文字學形義篇・假借釋例》中也說：

> 綜其種例，有引申本義之假借，有比況口語之假借，有音變之假借，有同音之假借。引申本義之假借，世亦謂之引申義，即就本義而推廣其用，若令、長之類，凡一字兼有兩義、三義，而其義又展轉相通者，皆此類也。

〔註11〕請參見《四庫提要》經部小學類二第 865 頁。
〔註12〕請參見《假借遡原》卷上第 32 頁。
〔註13〕請參見《漢字的結構及其流變》第 121 頁。
〔註14〕請參見林尹先生《文字學概說》第 185 頁所引黃季剛先生的論點。

比況口語之假借，即僅借字音，不涉字義。〔註15〕

所以，第三派的主張兼顧了第一派主張的後續發展，是從整個假借演變的歷史來談假借的。

對於以上三派不同的主張，個人認爲主要是由於假借定義廣狹的差別所致。第二派主張的學者是站在「狹義」的立場來談假借，因爲倘若根據現代字義系統的精確角度來看，「據義而借」的引申義已經從假借中解析出來，因此，剩餘的自然是只有聲音關係而不涉字義的假借。他們對於假借的看法是十分正確的，但卻未必符合假借始創的眞義。第一派和第二派的學者所談的都是廣義的假借，它的範圍包括了引申義，所以部分的本義和假借義之間也就有了意義上的關聯。而本師孔仲溫先生在《類篇字義析論》中曾提到一個觀念的問題，他說：

我們認爲一個時代有一個時代的學術與觀點，後人倘以後代的觀念，
來範圍古人，批評古人，個人以爲這樣是不盡合理的。〔註16〕

學術的演進，必然大部分是後出轉精，但是在演進的過程中，每一階段都有每一個階段存在的意義與價值，我們研究古籍的目的是在於追本溯原，而不在於以今譏古或以古非今。因此，本文對於假借的定義採用的是徐鍇廣義的假借，也就是包括有意義關聯的假借和純粹聲音關係的假借。

（三）假借是造字或用字的問題

就像轉注一樣，假借是造字或用字的問題也造成學者們極大的爭議。近代學者對於這個問題的看法主要可分爲三派〔註17〕：

1. 假借是造字的方法

這一派的學者認爲許愼「本無其字，依聲託事」的假借，是「以不造字爲造字」的造字方法。而「本有其字」的假借，則是用字的方法。周秉鈞在《古漢語綱要》中說：

它（假借）雖然沒有造字，可是能夠濟造字之窮，是一種以不造字爲
造字的方法，是一種節制文字孳乳的方法，所以也是六書之一。〔註18〕

而高明先生也在〈許愼之六書說〉一文中明白地表示：

由許君之說，可知許君意中之假借，乃造字之假借，即「本無其字」
之假借，必不可與「本有其字」之假借相混。「本有其字」之假借，則用

〔註15〕請參見《文字學音篇・形義篇》中朱宗萊〈形篇二〉第 134 頁。
〔註16〕請參見《類篇字義析論》第六章第 152 頁。
〔註17〕請參酌本師孔仲溫先生《類篇字義析論》第六章第 156 至 162 頁。
〔註18〕請參見《古漢語綱要》第 64 頁。

字之假借耳。用字之假借，後人又或謂之「通借」、「通假」，以與造字之
「假借」別，此在今人或謂之寫別字。〔註19〕

除了周秉鈞和高明兩位先生外，提出這種說法的還有戴君仁、馬敍倫、潘重規、向
夏等多位學者。這一派的學者所採用的是狹義的假借，也就是不包含「本有其字」
的假借，所以，他們將假借認定是造字的方法。

2. 假借是用字的方法

在《說文繫傳》中，徐鍇是把轉注和假借都當成是用字的方法，他認爲「假借
則一字數用」。後代學者如戴震、章太炎、黃季剛、林尹、陳新雄等諸位先生，也都
主張假借是用字的方法。本師孔仲溫先生更從字義系統方面加以分析，而得到了「『用
字』的概念較具全面性與概括性」的結論〔註20〕。

除了「假借是用字方法」的主張外，這一派的學者也對假借做了進一步的探討。
如黃季剛先生在〈說文綱領〉中說：

> 轉注者所以恣文字之孳乳；假借者所以節文字之孳乳。舉此兩言，可
> 以明其用矣！〔註21〕

而陳新雄先生在〈章太炎先生轉注假借說一文之體會〉中則解釋說：

> 蓋指事、象形、形聲、會意四者爲造字之個別方法；轉注、假借爲造
> 字之平衡原則。造字方法與造字原則，豈非「造字之本」乎！〔註22〕

由於假借是字與字之間的關係，所以，他們認爲假借是造字的原則，而不是造字的
方法。

3.假借是造字的方法，也是用字的方法

主張這個說法的學者，以魯實先先生和他的弟子們爲代表。個人以爲魯實先先
生是主張「假借是造字方法」的，他說：

> 夫六書之名始載《周禮》，循名覈實，而以六書皆造字之本者，明著於
> 劉氏《七略》，……然則轉注、假借，而與象形、指事駢列爲六書者，其必
> 如劉氏所言，爲造字之準則，而非用字之條例，憭無疑昧者矣。〔註23〕

不過，若依照許慎「本無其字，依聲託事」的定義來看，則造字的方法和用字的方
法都能符合這個條件。所以，魯實先先生在《假借遡原》裡又說：

〔註19〕請參見《高明小學論叢》第 163 頁。
〔註20〕請參見《類篇字義析論》第六章第 161 至 162 頁。
〔註21〕請參見《文字聲韻訓詁筆記》第 78 頁。
〔註22〕請參見臺灣師大《國文學報》第 229 至 234 頁。
〔註23〕請參見《假借遡原》卷上第 34 頁。

　　《說文》之敘「假借」曰：「本無其字，依聲託事，令、長是也。」
據義求之，若蓋爲覆苫，則爲等畫，焉爲鳥名，雖爲蟲名，亦爲臂下，也
爲女陰，而經傳并借爲語詞。……如此之類，覈之聲韻，非它字之假借，
求之義訓，非本義之引伸，斯正「本無其字，依聲託事」之例，是乃用字
假借。其於造字假借，亦有此例，是許氏所釋假借，義失明闓，未可厚非
者也。〔註24〕

他認爲由於許慎的定義不夠「明闓」，以致於無法嚴格區別出用字和造字兩類不同的
假借。所以，許慎的假借既是造字的方法，也是用字的方法。

　　對於假借是造字法或用字法的問題，劉歆、班固等雖然有六書是「造字之本」
的說法，但他們所謂「造字」的概念，也可能是指包含了「用字」的廣義「造字」。
況且「從整個文字的數量而言，字數沒有增加就是沒有造字，視假借爲一種『用字』
的方法，在理論上是說得通的。」〔註25〕所以，個人比較贊同把假借當成用字的方
法。

（四）假借類型的分析與舉例

　　許慎《說文解字・敘》說：「假借者，本無其字，依聲託事」所以假借的條件必
須「無本字」，但到了徐鍇時，假借的限定只剩「依聲託事」，而且根據徐鍇判定爲
假借的假借字中，也以「有本字」的假借較多。今依本字的有無爲標準，將徐鍇判
定的假借字區分爲兩大類，有本字的包括有字義相涉和純粹依聲假借兩種，其中純
粹依聲假借的部分又有同音、疊韻和雙聲三種音韻上的關係，以下便一一加以分析。

1. 有本字的假借

（1）本字和假借字有意義關聯

　　〈走部〉**趨** 趨進趨如也。從走翼聲。臣鍇曰：「趨進便駛，復有儀容如鳥之翼
也。今《論語》作翼字，假借也。」以即反。

　　〈巾部〉**帳** 張也。從巾長聲。臣鍇曰：「史籍或借張字。」知餉反。

　　〈衣部〉**襌** 衣不重。從衣單聲。臣鍇曰：「《漢書》蓋寬饒斷其襌衣，今俗皆
借單字。」得干反。

　　〈人部〉**像** 象也。從人象。若養字之養。臣鍇按：「《尚書》曰：『崇德象賢，
乃審厥象』本作此像字，作象字，假借也。」似獎反。

　　〈米部〉**粎** 陳臭米。從米工聲。臣鍇按：「《漢史》曰：『太倉之粟紅腐而不可

〔註24〕請參見《假借遡原》卷上第 29 至 30 頁。
〔註25〕請參見《類篇字義析論》第六章第 161 頁。

食。』多借紅字爲之。米久則紅也。」戶聰反。

「趨」與「翼」、「帳」與「張」、「禪」與「單」、「像」與「象」、「粓」與「紅」的本字和假借字諧聲偏旁都相同，而且在字義的引申上也都有關聯。此外，還有一種本字和假借字有意義關聯的假借，和上列的情形不盡相同。這類的假借義通常與本義相同，甚至取代了本字，而原來的本字不是不用，就是改作其他的用途。例如：

〈鹿部〉麟 大牡鹿也。從鹿粦聲。臣鍇按：「書傳多以爲麒麟字訛變。古或假借麟也。」里神反。

〈力部〉勬 勞也。從力萈聲。臣鍇曰：「今用倦字，無復作此也。」具便反。

〈馬部〉篤 馬行頓遲。從馬竹聲。臣鍇曰：「《詩》曰：『篤公劉』《論語》曰：『行篤敬』皆當作竺，假借此篤字。」得酷反。

（2）本字和假借字只有聲韻關係

a. 本字和假借字爲同音假借

在徐鍇認定爲假借的字裡，以同音假借的情形最多，其中又以諧聲偏旁相同的假借情形較多，如：「勿」和「物」、「迻」和「移」等。

〈心部〉恔 憭也。從心交聲。臣鍇曰：「佼人本此字。」根卯反。

〈辵部〉遁 遷也。一曰：逃也。從辵盾聲。臣鍇按：「《尚書》殷高宗曰：『既乃遁于荒野』是遷于荒野也，當作此遁，今文《尚書》借遯字。」徒寸反。

〈囟部〉毗 人臍也。從囟，囟、取气通也。從比聲。臣鍇曰：「毗輔字本作比，多借此字。」鼻宜反。

〈水部〉瀎 滅瀎拭滅貌。從水蔑聲。臣鍇按：「《春秋左傳》曰：『三數叔魚之惡不爲瀎減。』本此字，今作末，假借。」門撥反。

〈金部〉鎦 殺也。從金留聲。臣鍇曰：「《春秋左傳》：『虔劉我邊陲』本此字。」里由反。

「恔」音「古了切」，從心交聲；「佼」音「古巧切」，從人交聲，上古音同在見紐、宵部第十九。「遁」、「遯」音同爲「徒損切」，上古音在定紐、諄部第九。「毗」、「比」音同爲「房脂切」，上古音在並紐、脂部第四。「瀎」音「莫結切」，「移」音「莫撥切」，上古音在明紐、月部第二。「鎦」、「劉」音同爲「力求切」，上古音在來紐、幽部第二十一，這些都是屬於同音假借。

b. 本字和假借字爲疊韻假借

〈人部〉伸 屈伸。從人申聲。臣鍇按：「《周易》屈伸作信，假借也。」式人反。

〈示部〉祼 灌祭也。從示果聲。臣鍇按：「《周禮》祼字多借果字，則古祼、

果聲相近也。」古浣反。

〈鹿部〉麠　狻猊獸。從鹿兒聲。臣鍇曰：「即今獅子。《國語》曰：『獸長麑麠』應作麠。」擬西反。

「伸」音「失人切」，從人申聲，上古聲在透紐；「信」音「息晉切」，從人言，上古聲在心紐，上古韻同在眞部第六。「祼」音「郎果切」，上古聲在來紐；「果」音「古火切」，上古聲在見紐，上古韻同在歌部第一。「麑」音「五稽切」，從鹿兒聲，上古聲在疑紐；「麠」音「莫兮切」，從鹿弭聲，上古聲在明紐，上古韻同在支部第十，這就是疊韻假借的情形。

c. 本字和假借字爲雙聲假借

〈日部〉晣　昭晣明也。從日折聲。《禮》曰：「晣明行事」。臣鍇曰：「今《禮記》作『質明』，假借。」之列反。

〈疒部〉痎　二日一發瘧也。從疒亥聲。臣鍇按：「顏之推《家訓》以爲《左氏傳》：『齊侯疥遂痁』疥字當是此字，借疥字耳。引此爲證言初二日一發，漸加至一日一發也。豈有疥癬小疾，諸侯問之乎？」工柴反。

〈攴部〉敳　閉也。從攴度聲，讀若杜。臣鍇曰：「今借『杜』。」徒土反。

〈心部〉愻　美也。從心須聲。臣鍇曰：「借藐字。」尨璞反。

「晣」音「旨熱切」，從日折聲，上古韻在月部第二；「質」音「之日切」，從貝從所，上古韻在質部第五，上古聲同在端紐。「痎」音「古諧切」，從疒亥聲，上古韻在之部第二十四；「疥」音「古拜切」，從疒介聲，上古韻在月部第二，上古聲同在見紐；「敳」、「杜」音同爲「徒古切」，上古聲爲定紐，但「敳」上古韻在鐸部第十四，而「杜」則在魚部第十三；「愻」、「貌」音同爲「莫角切」，上古聲爲明紐，但「須」上古韻在宵部第十九，而「貌」則在藥部第二十。以上是雙聲假借的例子。

在徐鍇判定爲假借的字裡，以同音假借的情形最多，而疊韻或雙聲的例子則不多。除了上列三類聲韻關係的假借外，還有本字和假借字僅爲韻近的情形，例如：

〈欠部〉欣　笑喜。從欠斤聲。臣鍇曰：「《禮》：『笑不至欣』作『矤』，假借。」希斤反。

「欣」音「許斤切」，從欠斤聲，上古音在曉紐、眞部第六；「矤」音「式忍切」，從矢引聲，上古音在透紐、諄部第九。「眞」、「諄」元音相近，韻尾又同，所以欣和矤是旁轉的關係。這是韻近假借的情形，不過因爲只找到一個例子，所以不再另列一類。

此外，徐鍇在《說文繫傳》中也曾注意到因假借而造成「死字」的情況。例如：

〈竹部〉篸　差也。從竹參聲。臣鍇曰：「今無復用此字。」師今反。

〈日部〉参 或省。段玉裁注：「即今用參兩、參差字也。」

「參」本指「商星，星名」，後假借爲「差」義，結果原字「篸」反而不用了。所以徐鍇註說：「今無復用此字。」

2. 無本字的假借

〈萑部〉舊 鴟舊留也。從萑臼聲。臣鍇曰：「即怪鴟也。今借爲新舊字。」其救反。

〈木部〉柰 果也。從木示聲。臣鍇曰：「亦假借爲奈何也。」能大反。

〈鳥部〉難 或從隹。臣鍇曰：「借爲難易之難。」

〈巾部〉帥 佩巾也。從巾自聲。臣鍇曰：「自即堆字，借爲將帥字。」疏密反。

〈玄部〉茲 黑也。從二玄。《春秋傳》曰：「何故使吾水茲？」臣鍇曰：「借爲茲此也。」則欺反。

以上這些例子都是無本字假借的情形，這些字被借後，現今多用假借義，本義反而不常使用了。

第四章　徐鍇《說文繫傳》評析

第一節　徐鍇撰《說文繫傳》態度和體例的得失

　　在前面的第一章和第二章中，個人曾經敘述了徐鍇的生平、性格，以及它們對徐鍇撰作態度的影響，並且也分析了徐鍇撰《說文繫傳》的體例。至於這樣的態度和體例有甚麼優缺得失呢？有關《說文繫傳》的缺失，前人的討論已經很多，如李兆洛〈說文解字繫傳跋〉一文中說：

　　　　……〈通釋〉視大徐雖時出新意，而不及大徐之淳確。又其引書似都不檢本文，略以意屬，亦不若大徐之通敏。〔註1〕

而徐灝在〈說文繫傳跋〉中也說：

　　　　其考訂精覈處，洵有功於小學，然繆盭亦字不少，今姑舉數字。如：〈艸部〉「萒，艸也。」小徐云：「丘遲詩：『輕萒承玉輦』萒，初生艸也。」案：《易・大過》「枯楊生稊」《釋文》云：「鄭作萒。」《後漢書・徐登傳》注引《易》曰：「枯楊生萒。」《爾雅・釋艸》：「薆，萒。」郭注：「薆似稊。」《一切今音義》引作「萒」，邵氏晉涵云：「孟子不如萒稗。」萒即薆也。《文選・謝靈運詩》：「原隰萒綠柳。」李注：「萒與稊音義同。」是「薆」、「稊」、「萒」三字古通，許書既有「薆」字在下，不應出「萒」字在前。《玉篇》「第」下引《說文》：「艸也。」蓋「萒」字實為「第」字之偽，而小徐不知，反為之說。〔註2〕

至於嚴元照在〈奉梁山舟先生書〉中，對《說文繫傳》的缺失更是提出極為嚴厲批

〔註1〕請參見《說文解字詁林》前編上跋敘類二第129頁。
〔註2〕請參見《說文解字詁林》前編上跋敘類二第131頁。

評。他說：

> 此書唯〈部敘〉爲佳；〈通論〉三卷亦平平爾，〈袪妄〉之篇未能發許
> 君之義；〈通釋〉三十卷舛繆實甚，數之未易悉也。姑摭其尤者……。一
> 曰「妄改經典」也。漢經師授受各有家法，文字訓詁各有不同，故許君引
> 經多異文。楚金疑其改易以就己說者，乃從而效之，……二曰：「小學不
> 明」也。示部「祷，祭具也。」米部「糈，糧也。」「祷」傳曰：「《楚辭》：
> 『懷椒糈以要之』祭神之精米故或從米，祭神故從示。」〔註3〕則誤合爲
> 一矣！……。三曰：「援引不典」也。凡求證宜求諸古經典，方可發明許
> 義，正無取乎繁博。楚金於「萬」傳不引《詩》而引邱遲詩……。四曰：
> 「考覈失實」也。……，引嵇康曰：「鸑鷟有時鏘」。此顏延之〈五君詠〉
> 詠嵇康之詩也，……。五曰：「箋釋多謬」也。《說文》以詐訓諼，「諼」
> 傳不引《公羊》，而引《詩》：「終不可諼」，不知《爾雅》、《大學》已明訓
> 爲「忘」矣！又可以訓詐乎？……。六曰：「傳僞弗審」也。兩徐所見《說
> 文》不同，猶陸德明、孔穎達之於五經也。楚金於書中衍文僞字，初不致
> 詳，曲爲附會……。七曰：「徵引太支」也。……汎濫牽引，不審其意旨
> 之所在也。〔註4〕

有關嚴元照的批評，有些的確是徐鍇撰《說文繫傳》時的缺失，但有些看法卻流於
主觀。如「小學不明」一項，「祷」、「糈」兩字是同聲旁的諧聲字，徐鍇是認爲「糈」
和「祷」同義，兩者原本都是「祭神之精米」的意思，後來才分成「祭神從示」、「祭
神之精米從米」的現象，而嚴元照批評徐鍇是「小學不明」，事實上是因爲他誤解了
徐鍇註解的原故。又如「援引不典」一項，正是古代儒者「重經類而輕集類」觀念
的展現；而「傳僞弗審」的批評雖然沒錯，但以大徐來校小徐的方式卻是不可行的
〔註5〕。

　　除了上列前人對《說文繫傳》缺失的評論外，從本文第二章「稱引書籍」的整
理中，我們還可以看到徐鍇「書籍稱引名稱紛雜不明」的缺點。例如：

> 〈心部〉佛　鬱也。從心弗聲。臣鍇曰：「〈魏樂府〉曰：『心中何怫鬱』。」附
> 勿反。

〔註3〕請參見《說文繫傳・通釋》卷一第三十四頁「祷」字。徐鍇註解的原文爲「祷，
　　　祭具也。從示胥聲。臣鍇按《楚辭》曰：『懷桂祷而要之』。祷，祭神之精米
　　　也，故或從米。祭神，故從示。………色沮反。」嚴元照所引不夠正確。
〔註4〕請參見《說文解字詁林》前編上跋敘類二第 146 至 148 頁。
〔註5〕請參見《說文解字詁林》前編上敘跋類二第 137 頁，承培元〈說文解字繫傳校勘記
　　　後跋〉一文。

按：〈魏樂府〉爲魏武帝的樂府詩〈苦寒行〉。在《昭明文選》「樂府」一項中還有魏文帝的樂府詩兩首，所以〈魏樂府〉的稱法實在不夠明確。

〈赤部〉 𧹞 赤土也。從赤者聲。臣鍇曰：「張衡〈賦〉：『赭堊流黃』。」煮也反。

按：此爲張衡〈南都賦〉，在徐鍇的註解中，有時稱引爲張衡〈南都賦〉，有時又稱張衡〈賦〉，稱引紛雜不一。

不過，正如周祖謨〈徐鍇的說文學〉中所說：

> 但古人著作，疏失在所難免，以《繫傳》之大，而求其確切無誤，那是很不容易的。即以段玉裁之精於許學而論，所注又何嘗無誤？何況徐氏所生的時代的學術水平遠遠不如清代，楚金能寫出通釋這樣的書已屬難能可貴。有些錯誤是出於後人傳寫的，更不能歸咎於楚金。現在讀《繫傳》應當從歷史發展方面著眼，看它有哪些特點和它對後代的影響如何來評論它的得失，有些不重要的問題可以存而不論。〔註6〕

所以，以下便羅列徐鍇《說文繫傳》中的特點，來探討徐鍇撰作態度及體例中值得效法的長處：

一、就事論事，呈現客觀的撰作態度

徐鍇在爲《說文》作註解時，往往能夠秉持一種客觀的態度，即使自己有不同的看法，也只是提出供人參考它討論，而不會妄加刪除或修改別人的主張。錢曾怡、劉聿鑫編《中國語言學要籍題要》說：

> 《說文繫傳》與大徐本相比，時有不同，可以互勘。許慎說解形聲字「從某，某聲」，大徐每疑以爲不通，逐刪「聲」字，小徐則不敢輕刪，另加說明。因此小徐本不僅對研究形聲字有用，也是探索古音的重要材料。〔註7〕

此外，他也能夠揚棄「因人廢言」的狹隘觀念，純粹以就事論事的態度來作資料的取捨。比如〈祛妄〉中徐鍇說：

> 《說文》之學久矣，其說有不可得而詳者，通識君子所宜詳而論之，楚夏殊音，方俗異語，六書之內，「形聲」居多，「會意」之字，學者不了，鄙近傳寫，多妄加「聲」字，篤論之士所宜隱括，而陽冰隨而識之以爲己力，不亦誣乎。〔註8〕

〔註 6〕請參見《問學集》中〈徐鍇的說文學〉第 844 至 845 頁。
〔註 7〕請參見《中國語言學要籍題要》中〈說文繫傳〉第 225 頁。
〔註 8〕請參見祁刊本《說文繫傳・祛妄》卷三十六第 1291 頁。

〈祛妄〉卷是徐鍇專爲祛除李陽冰誣妄而特立的篇章,文中常以「陽冰所見爲淺近焉」、「其謬甚矣」、「此淺俗之甚」等較爲嚴厲的言詞,來駁斥李陽冰的說法。但在〈通釋〉的二十八卷註解中,只要徐鍇認爲李陽冰的詮釋是對的,或只是對許愼的說解有誤會的,他還是同樣引以爲證,並加以詮釋。例如:

〈丂部〉 **甬** 舌也,象形。舌體弓丂然,丂亦聲。臣鍇曰:「涵、菡從此。按李陽冰云:『許氏作圅,非也,當依篆作函。』臣詳許愼所說及其字形,亦與陽冰所說同,但傳寫浸訛……。」胡甘反。

〈邑部〉 **䣜** 汝南邵陵里。從邑自聲。讀若奚。臣鍇曰:「李陽冰云:『即許愼所居之里。』」移雞反。

〈臸部〉 **劉** 闕。且從三日在㐭中。臣鍇按:「李陽冰云:『從三日且在㐭中』蓋籀文。許愼闕義,且字下後人加同上。」

所以,徐灝〈說文繫傳跋〉中就說:

> 〈祛妄〉篇專爲掊擊李陽冰而作,而〈通釋〉中間取其語,亦可謂不
> 存好惡之私者矣![註9]

徐鍇這種撰作的態是很值得效法學習的。

二、另下按語,保存《說文》的原始面貌

徐鍇在〈祛妄〉卷末說:

> 點畫雖多,善布置者不覺其密;點畫雖少,能結字者不見其疏,此乃
> 可稱爾。若多則師心以減,少則任意以增,以求平滿,則誰實不能?事不
> 師古,亦臣所恥,今文字可謂訛矣![註10]

「事不師古,亦臣所恥」,徐鍇註解的態度是遵古而不以師心隨意增減的。因此,徐鍇在註解時,都是以「在許愼說解後另下按語」的方式來表示自己的意見,不擅自更改許說,因而保持了許愼《說文》的原貌。所以,錢曾怡、劉聿鑫編《中國語言學要籍題要》說:

> 經徐鍇比勘、整理,使《說文》一書較好地保存了其本來面貌。自
> 東漢以後七、八百年間,小學久廢,傳習《說文》者寥寥;間或有人以
> 私意增刪篡改,傳本訛誤很多。徐鍇的學識,宋人譽爲精博。他羅列異
> 本,考其是非;全錄「始一終亥」之本,間或有己意,另加按語,並不

〔註9〕請參見《說文解字詁林》前編上跋敘類二第132頁。
〔註10〕請參見祁刊本《說文繫傳·祛妄》卷三十六第1308至1309頁。

相混。〔註11〕

承培元在〈說文解字繫傳校勘記後跋〉也說：

> 許書之存於今者，唐以前無完本，僅散見於經史百家疏音義之中。唐
> 以後所傳惟二徐本，楚金多仍舊書，其失也，不免承僞蹈僞。鼎臣多所正
> 是，其失也，在雜采陽冰、楚金之說，犨亂許書。然則非楚金，無以正鼎
> 臣之失；非唐人疏注所引，無以正楚金之失也。〔註12〕

而周祖謨在〈唐本說文與說文舊音〉一文中，更進一步比對了唐本《說文》和二徐
本《說文》，他說：

> 又小徐本之訓解與唐本相同者多，大徐本則不然，非由唐本則無以證
> 明。……又唐本「昏，塞口也，從口氏省聲，氏古文厥」。小徐亦同。然
> 大徐本作「氏音厥」，古文厥字遂漫滅無存矣。再則「枓，從木斗聲」，「杓，
> 從木勺聲」，小徐並同，大徐作「從木從斗」，「從木從勺」殊乖造字之恉。
> 然則二徐之優劣，不辯自明。段氏之注《說文》往往取小徐而屏棄大徐，
> 非無故也。〔註13〕

所以，《說文繫傳》的保持原貌，雖然不免承續了舊僞，但仍不失爲研究《說文》的
最佳材料。

三、篇分兩卷，便於《說文》的刊刻翻檢

錢曾怡、劉聿鑫編《中國語言學要籍題要》說：

> 《說文》十四篇，許慎〈敘〉一篇，卷帙繁重。徐鍇分每篇爲兩卷，
> 共三十卷，便於刻寫、翻檢。此法爲大徐本所襲用。〔註14〕

許慎《說文》原本若依照許沖〈敘〉中所說，共有「十五卷，十三萬三千四百
四十一字」，是一部字數頗豐的書籍。而在宋代以前，印刷及造紙業都不盛，徐鍇將
每一篇分成兩卷，大量削減了每一段落的字數，就當時的刊刻而言，實在便利許多。
此外，許慎在《說文解字・敘》中曾說：

> ……而世人大共非訾，以爲好奇者也。故詭更正文，鄉壁虛造不可知
> 之書，變亂常行以耀於世。諸生競逐說字解經誼，稱秦之隸書爲倉頡時書，
> 云：「父子相傳何得改易！」乃猥曰：「馬頭人爲『長』，人持十爲『斗』，

〔註11〕請參見《中國語言學要籍題要》中〈說文繫傳〉第225頁。

〔註12〕請參見《說文解字詁林》前編上敘跋類二第137頁。

〔註13〕請參見《中央研究院歷史語言研究所集刊》第二十本上冊〈唐本說文與說文舊音〉
第115至116頁。

〔註14〕請參見《中國語言學要籍題要》中〈說文繫傳〉第224頁。

『虫』者屈中也。廷尉說律，至以字斷法：苛人受錢，『苛』之字止句也。

若此者甚眾，皆不合孔氏古文，謬於史籀。」〔註15〕

因此，許慎《說文》的功用相當於現在的工具書，在讀經有疑時，可用來查閱，而避免穿鑿附會地說字解經。徐鍇將《說文》分成三十卷，使人在翻閱查字時更為便捷，又不至於將原書切割得零碎失真，所以，後來徐鉉編寫《說文》時，便效法徐鍇的方式，將每一篇分成上、下兩篇。當然，大徐的分篇方式比徐鍇的分卷方法好，因為分為上、下兩篇不會改變《說文》原本的篇數，不過，徐鍇是將《說文》一分為二的創始者，所以也是功不可沒的。

四、闡發通假，釐清古籍的借字情形

在古代刻書刊行不易，典籍又屢遭兵燹的情形下，經典的傳授往往必須藉由口耳相傳。後來，雖然有不少有心的學者隨筆抄錄，但因為中國文字中同音異字太多了，口述筆錄之間，便產生了不少音同義異的通假字。柳榮宗〈說文引經考異自敘〉中說：

> 漢儒傳經既分今古文，字異者固動以百數，即共治今文，同為古學，字亦錯出。良由師授不同，讀有或異，許君博綜兼采，以入其書，用廣異義、存師讀。自敘雖云：「其稱《易》孟氏、《書》孔氏、《詩》毛氏、《春秋》左氏、《論語》、《孝經》皆古文。」綜覈所引，率多今文家學不可不察也。古文多省假非無正字，今文多正字非無省假。〔註16〕

《說文》中確實存有今古文的假借現象，所以徐鍇《說文繫傳》就在註解裡把古籍中假借字的情形提出來，並且加以說明。例如：

〈言部〉䚻 可惡之辭。從言矣聲。一曰：誒然。《春秋傳》言：「誒誒出出」。臣鍇曰：「可畏惡矣。今《春秋左傳》作『譆』，假借。」軒其反。

〈欠部〉欣 笑喜。從欠斤聲。臣鍇曰：「《禮》：『笑不至欣』作『矧』，假借。」希斤反。

〈木部〉檃 栝也。從木隱省聲。臣鍇按：「《尚書》有隱栝之也。隱，審也。栝，檢栝也。此即正邪曲之器也。《荀卿子》曰：『隱栝之側多曲木』是也。古今皆借『隱』字為之。」于靳反。

〈邑部〉鄁 鄁地。從邑孛聲。一曰：地之起者曰「鄁」。臣鍇曰：「疑勃海近此字。又《周禮》：『土有勃壤』當作此，假借『勃』字也。」步勿反。

〔註15〕請參見《段注說文解字》第 770 頁。

〔註16〕請參見《說文解字詁林》前編上敘跋類八第 399 頁。

〈豈部〉還師振旅。旅，樂也。一曰：欲也，登也。從豆微省聲。凡豈之屬皆從豈。臣鍇曰：「《周禮》：『師大捷，獻豈。』作『愷』，今借此爲詞也。」丘里反。

在以上的例子裡，「誒」字《春秋傳》古文作「誒」、今文作「譆」；「欣」字《禮》作「矧」；「㶏」字古文、今文都作「隱」字；「郣」字《周禮》作「勃」；「豈」字《周禮》作「愷」，而「豈」字後來則被借用爲副詞，表示一種反問的語氣，而失去本來的意思了。這就是徐鍇闡發《說文》今古文假借的情形。

五、以今釋古，記錄詞語音義的變遷

王力《漢語史稿》中說：

> 根據專家們關於語言發展的理論，語言各個構成部分發展的速度是不平衡的。語言的詞彙變化得最快，它是處在差不多不斷改變的狀態中：……有些人沒有講到語音系統的發展速度。看來，語音的變化通常也是很慢的。〔註17〕

在徐鍇撰《說文繫傳》中，有大量「以今音釋古音」、「以今語釋古語」的訓詁方式，這種今古異音異詞的記載，保存了古音、古詞的原貌，提供不少研究華語語音與詞彙發展規律的資料。從這些古今異音、異詞的比對中，也可以觀察上古到五代間詞語音義的變遷的情形。例如：

〈目部〉目旁薄緻，從宀宀也。從目𥈅聲。臣鍇按：「《楚辭》曰：『靡顏膩理，遺視矊矊』今人云：眼瞼單也。」名連反。

〈戶部〉戶牖之間謂之扆。從戶衣聲。臣鍇曰：「《禮》注曰：若今屏風也。」殷豈反。

〈艸部〉藷蔗也。從艸諸聲。臣鍇按：「今之甘蔗也。」掌於反。

〈玉部〉蜃屬。從玉劦聲。《禮》：「佩刀士珕琫而珧珌」。臣鍇曰：「音如厲。蓋今牡蠣之屬。」禮帝反

〈鳥部〉雉肥翰音者也。從鳥倝聲。魯郊以丹雞祝曰：「以斯鶾音赤羽去魯侯之咎。」臣鍇按：「禮雞曰翰音。」侯玩反。

「矊」在南唐時解釋作「眼瞼單」，也就是現代人所說的「單眼皮」；「扆」是一種類似「屏風」的東西；「藷」字漢代稱「藷蔗」，到了南唐時就叫「甘蔗」，而且這個名稱一直使用到現代；「珕」音「厲」，是類似牡蠣的蚌殼類；「鶾音」即「翰音」，是古代禮祭用的雞就叫「鶾音」。以上這些字都是徐鍇「以今釋古」的例子，這類的

〔註17〕請參見《漢語史稿》第一章緒論第1至2頁。

註解不但能幫助後人瞭解古詞的意義，同時也能得知某些用詞的歷史性，如「甘蔗」這個詞，原來最遲到南唐時就已經在使用了呢！

六、歸類探源，尋求字義孳乳的根柢

本師孔仲溫先生在《類篇字義析論》中曾說：

> 字義運動的基本形式是「引申」，引申義是字義運動的主體，它能通過人類心理的活動，與語言的自然孳分、社會的變遷，而派生新的義項，豐富語言文字的意涵。〔註18〕

「引申」擴大了文字的應用範圍，是字義拓展的方法之一，所以，許慎在撰《說文》時也注意到了引申義的問題，並且使用部分的「一曰」來表示字義的引申〔註19〕。如：

〈土部〉坺 气出土也。一曰：始也。從土叔聲。

〈日部〉旭 日旦出貌。從日九聲。讀若好。一曰：明也。

〈火部〉煦 烝也。一曰：赤貌。一曰：溫潤也。從火昫聲。

不過，一方面《說文》的撰寫就是爲了避免世人穿鑿附會、憑臆解經，因此，說解大多以本義爲主；另一方面許慎的時代較早，字義引申的情形也不如後代多。所以，李法信在〈《說文解字繫傳‧通釋》初探〉一文中說：

> 《說文》本注所釋，絕大部分是字的本義，其實也就是詞的本義。詞義是不斷發展的，一個詞在發展過程中不斷出現新義——引申義。在歷代訓詁家的注釋中，包含著大量的詞義引申資料，但都是隨文釋義，並沒有誰能夠有意識地從本義出發，闡明詞義的引申。徐鍇的可貴之處，正在於他發前人所未發，依據《說文》提供的本義，旁推交通，闡明引申義的由來。〔註20〕

從鍇能夠從許慎的本義中闡發詮釋出當代引申的字義，這的確是《說文繫傳》的一大特點。例如：

〈戈部〉賊 敗也。從戈則聲。臣鍇曰：「敗猶害也。」殘忒反。

〈北部〉北 乖也。從兩人相背。凡北之屬皆從北。臣鍇曰：「乖者，相背違也。古人云：『追奔逐北』。逐其亡者。」補或反。

〈木部〉極 棟也。從木亟聲。臣鍇按：「極，屋脊之棟也。今人謂高及甚爲『極』，

〔註18〕請參見本師孔仲溫先生《類篇字義析論》第五章第116頁。

〔註19〕「一曰」除用來表示引申義外，也用來說明一字的異名、異形、異聲等，所以引申義的「一曰」只佔一部份。

〔註20〕請參見《山東師大學報》社科版（濟南）1991年1月69至74期第148至149頁。

義出於此。……」其息反。

〈人部〉㐲 狂也。從人長聲。一曰：仆也。臣鍇曰：「狂，妄也。《韓詩外傳》曰：『老而不學者，如無燭而夜行，㑮㑮然是也。』」褚良反。

〈辵部〉遽 傳也。從辵豦聲。一曰：窘也。臣鍇曰：「傳駟車也。故《禮》曰：『大夫稱傳遽之言』傳車尚速，故又爲窘迫也。」伎絮反。

七、因聲求義，以大量聲訓方式詮釋《說文》

徐鍇《說文繫傳》中「因聲求義」的註解方式，一向受到許多後代學者的稱譽，並推崇爲清代訓詁學聲訓的先驅。雖然也有人對徐鍇「因聲求義」的方法是否足以影響清代聲訓的發展感到懷疑，但徐鍇從聲音上去探討字義的方法，應可說是建立了聲訓的初步規模。陳鑾〈說文繫傳敍〉中說：

　　……諧聲讀若之字，鍇多於鉉，則學者當由鍇書以達形聲相生、音義

　相轉，用治六藝、百家傳記、微文奧義，而研窮其原本者。〔註21〕

所以，徐鍇「因聲求義」的聲訓方式，也是《說文繫傳》中值得注意的特色。

在《說文繫傳》中，所運用「因聲求義」的註解方式大略可分成兩種：一種是從音近義通的諧聲字著手；另一種則是從音同義近或音近義同的字來看。例如：

〈言部〉訓 說教也。從言川聲。臣鍇曰：「訓者，順其意以訓之也。……」吁問反。

〈竹部〉䉲 竹聲也。從竹劉聲。臣鍇曰：「猶言瀏然聲清也。」里由反。

〈艸部〉芼 艸覆蔓。從艸毛聲。《詩》曰：「左右芼之」。臣鍇曰：「芼猶冒也。」門高反。

〈心部〉愒 息也。從心曷聲。臣鍇曰：「愒猶憩也。」豈例反。

〈木部〉梱 梱斗可射鼠。從木固聲。臣鍇按：「此即今人鑿木爲斗，上施柄，安弓爲機以射鼠是也。梱之言錮也、護也。」骨度反。

「訓」音「許運切」，上古音屬曉紐、諄部第九；「順」音「食閏切」，上古音屬定紐、諄部第九，兩字諧聲偏旁相同，所以韻同音近；「䉲」和「瀏」音同爲「力求切」，諧聲偏旁也目同，上古音屬來紐、幽部第十二，兩字同音；「芼」和「冒」音同爲「莫報切」，上古音屬明紐、「芼」上古韻屬宵部第十九，「冒」上古韻屬幽部第二十一，兩字爲雙聲而韻異；「愒」和「憩」音同爲「去例切」，上古音屬溪紐、月部第二，兩字音同；「梱」和「錮」音「古暮切」，上古音屬見紐、魚部第十三，「護」音「胡誤切」，上古音屬匣紐，鐸部第十四；因此，「梱」和「錮」音同，而和「護」

〔註21〕請參見《說文解字詁林》前編上敍跋類二第 127 至 128 頁。

音近。這些都是徐鍇運用音同或音近的字來訓釋字義的情形。

　　以上是徐鍇撰《說文繫傳》時在態度及體例上的優缺得失，可供後世學者做為治學時的借鏡，以優點為師，以缺點為鑑。固然許多學問都是後出轉精，但前人的研究還是有它可取的地方，如果像李富孫〈說文繫傳跋〉中，以段注《說文》來抹煞其他《說文》說解存在的價值〔註22〕，就不免有失公允了。

第二節　《說文繫傳》文字理論的探討

一、前人對「三耦論」的批評

（一）虛實的定義不明確，而合耦的情形也不恰當

　　蔡金臺在〈六書三耦說〉中說：

　　　　案「耦」之為義，《說文》云：「二伐為耦」。引申為凡人耦之稱。如《左傳》所謂「人各有耦」，《莊子》所謂「似喪其耦」，以及嘉耦、怨耦、耦耕、耦語之類，皆取其相匹相並，而不得以異類參。如交友然應必同聲、求必同氣，稍有差池，則不能強合之矣。……且指事固不得謂之虛，形聲固不得謂之實也。蓋切而求之曰：指有事可指，則亦如有形可象，以象形為實，何獨目指事為虛？至於形聲之字主乎聲，聲固托於虛也，蓋亦猶意之會於虛耳。明乎此則知楚金所謂虛實者，實有未確。〔註23〕

蔡金臺認為「耦」字是兩個「相匹相並」的同類相合，所以他認為徐鍇「互為虛實」的搭配方式是不恰當的，況且徐鍇對於虛實的認定也交代得不夠清楚。

　　個人認為蔡金臺的批評是由於他對徐鍇六書理論不夠瞭解。因為就「耦」字的問題來說，「相匹相並」就是「耦」，而未必要同類，嘉耦、怨耦通常用來形容夫妻，這豈不是男女異性相配嗎？所以，不論是男和女、陰和陽、虛和實成對，都是可以稱做「耦」的。

　　至於虛實的認定，指事雖然有事可指，但是看不到形體；形聲的聲符只是用來區別外形相同的不同物體，就像松、柏外形都是樹木的樣子，所以用公、白的聲符來區分，因此形聲字還是看得到形體的，這就是徐鍇判定指事、會意是「虛」，而象

〔註22〕李富孫〈汲古閣舊鈔說文繫傳跋〉中說：「近有段氏玉裁注本，斯博而能精，直掩前人而過之。不無略有肊斷之處，而據依經傳發明許義，洵為許氏之功臣，其餘講說文者皆可廢矣！」全文請參見《說文解字詁林》前編上敘跋類二第148頁。
〔註23〕請參見《說文解字詁林》前編中六書總論第560至561頁。

形、形聲是「實」的原因。

（二）形聲與轉注纏繞不清

王鳴盛〈六書分君臣佐使〉中說：

> 徐鍇《繫傳》于「上」部備論六書相比偶之義，反覆幾千言，所苦形
> 聲與轉注纏繞不清。如云：松、柏，木之別名，同受意于木。又云：江、
> 河同謂之水，水不可同謂之江、河。松、柏同謂之木，木不可同謂之松、
> 柏。散言之曰「形聲」；總言之曰「轉注」。豈知江、河、松、柏皆半形半
> 聲，全與轉注無涉；轉注則半意半聲而無形。故耄、耆、耇、臺、壽、考
> 可同謂之老，而老亦可同謂之耄、耆、耇、臺、壽、考。豈若江、河與水，
> 松、柏與木，但可一注，不可轉注者乎？必如于說「形聲從象形來，轉注
> 從會意來」，方覺截然不紊。〔註24〕

王鳴盛這個批評是誤解了徐鍇的意思，徐鍇在〈疑義〉卷中說：

> ……轉注，義近形聲而有異焉。形聲江河不同，灘涇各異；轉注考老
> 實同，妙好無隔。

他在「三耦論」中反覆舉例，旨在希望讀者能瞭解形聲和轉注的不同，「江、河
同謂之水，水不可同謂之江、河」的例子，正說明了形聲「但可一注，不可轉注」
的差異，倘若是轉注，就應該「妙好無隔」了。

至於王鳴盛所提供「形聲從象形來，轉注從會意來」的辨識方法，事實上也不
盡適用。因為首先形聲就不一定從象形來，如：「喪，從哭亡聲。」而「哭」是省聲
字；「麓，從林鹿聲。」而「林」是同二體會意。所以，「形聲從象形來，轉注從會
意來」的辨識方法也是值得商榷的。

二、理論與實例的矛盾和衝突

對於六書的判定，徐鍇雖然有「三耦論」作為辨別文字六書的理論基礎，但是
這樣的六書理論在實際運用上似乎無法達到他「而今而後，玉石分矣」的目標。因
為，在〈通釋〉文字的六書判定上，徐鍇並沒有做出完全正確無誤的判斷，甚至也
產生了不少矛盾和衝突，其中尤其以形聲和會意以及指事和會意的混淆情形最嚴
重。究竟這些混淆的判斷是由於理論的不周全，或是因為人為的疏失呢？以下就把
這些理論與實例的矛盾和衝突作一個檢討和分析。

〔註24〕請參見《說文解字詁林》前編中六書總論第 554 至 555 頁。

（一）徐鍇所判為指事的

張行孚〈指事說〉中談到：

> 六書之例惟指事一門《說文》言之最少，故諸家說指事往往與會意相
> 溷，且有與象形相溷者。愚按：指事與會意雖皆兩體相成，然必兩體皆字
> 而可會合兩字之意者爲會意。如：一大爲「天」，「一」與「大」皆字，其
> 意謂天之爲物至大無二；人言爲「信」，「人」與「言」皆字，其意謂人之
> 出言宜乎有信；卜中爲「用」，「卜」與「中」皆字，其意謂卜而既中乃可
> 行用。……字雖兩體而或兩體皆非字，或一體爲字、一體非字，但可察見
> 其意，而未嘗有兩字會合之意者爲指事。如一在一上爲「上」，「一」與「一」
> 兩體皆非字，許氏以爲指事；口含一爲「甘」，口爲字而一非字，徐氏鍇
> 以爲指事；……凡指事之字兩體必非兩字是也。〔註25〕

在〈通釋〉中，有些字許慎判定爲象形，徐鍇卻認爲是指事，如：巴、耳兩字；有些字根據徐鍇自己的理論判斷應該是會意字的，徐鍇也說是指事，甚至特徵明顯的形聲字也被誤歸入指事。例如：

1. 許慎本為象形而徐鍇定為指事

在〈通釋〉中，許慎本爲「象形」、徐鍇定爲「指事」的字只有兩個，即「巴」和「耳」。

〈巴部〉　巴　蟲也。或曰：食象蛇也。象形。凡巴之屬皆從巴。臣鍇按：「《博物志》：『巴蛇吞象，三歲出其骨，君子食之，無腹心之患。』《山海經》曰：『有玄蛇食麐鹿也。』一，象所吞也。指事。」不奢反。

〈耳部〉　耴　耳垂也。從耳下垂。象形。《春秋傳》曰：「秦公子耴其耳垂也，故以爲名。」臣鍇曰：「以晉景公黑臀之類言之也。此指事。」陟葉反。

「巴」許慎認爲是象形，但「巳」也是象蛇形，「巴」和「巳」的差別只在於「巴蛇吞象」，所以如果說「巴」是「從巳一象所吞」，則「巴」應爲指事而不是象形。至於「耴」字「從耳下垂」，是象耳朵連耳垂的樣子，所以許慎說是象形。徐鍇在註解中沒有說明他認爲是指事的原因，不過若根據徐鍇指事的理論來分析，他可能把「耴」解釋成「從耳ㄟ象形」，所以將「耴」判爲指事。由此可見，造成徐鍇和許慎在象形和指事的判定上意見相佐的原因，不在於理論的疏失，而是因爲字體結構判別的不同。

〔註25〕請參見《說文解字詁林》前編中六書總論第832頁。

2. 會意誤為指事

根據徐鍇的理論，象形、指事是「文」，而會意、形聲是「字」，獨體、合體應該是不相混淆的，但徐鍇有時還是不免有誤判。例如：

〈艸部〉 茻 艸之總名也。從艸屮。臣鍇曰：「此指事。」許鬼反。

〈殳部〉 轂 相擊中也。如車相擊，故從殳從軎也。臣鍇曰：「厶車軸也。此指事。」堅歷反。

〈木部〉 櫑 龜目酒樽，刻木作雲雷象，施不窮也。從木畾亦聲。臣鍇曰：「龜目所以節畫也。若今禮尊有黃目是也。《史記》：梁孝王有櫑尊，誠後世善保之。雷者，圜轉之義。故曰『不窮』。畾者，本象其畫文，故曰『畾亦聲』。指事。」來堆反。

〈又部〉 叜 滑也。《詩》云：「支兮達兮」。從又屮。一曰：取也。臣鍇曰：「屮枝順也，順則滑也。指事。」偷勞反。

〈彡部〉 弱 橈也。上象橈曲，彡象毛氂橈弱也。弱物并，故從二弓。臣鍇曰：「指事。」如約反。

「茻」是同三體會意；「轂」、「櫑」、「叜」、「弱」則都是合兩文成一字的會意字，把會意字當成指事字，這是徐鍇判斷上的錯誤。

3. 把許慎形聲字判為指事

形聲字在《說文》裡大多以「從某某聲」的形式出現，形聲為「字」，指事為「文」，這是很容易辨別的，但由於看法的不同，徐鍇和許慎還是有判斷歧異的情形出現。例如：

〈牛部〉 牢 閑養牛馬圈也。從牛冬省聲。取其四周帀。臣鍇曰：「指事。」闌刀反。

〈牛部〉 牽 引前也。從牛引牛之縻也。玄聲。臣鍇曰：「指事也。」棄妍反。

「牢」小徐本「從牛冬省聲」，大徐本「從牛冬省」段玉裁注說：「從古文冬省也，冬取完固之意，亦取四周象形。」。「牢」音「魯刀切」，上古音屬來紐、幽部第二十一；「冬」音「都宗切」，上古音屬端紐、冬部第二十三，聲韻都不同，所以「牢」應從大徐本作會意字。不過，既然小徐本有「聲」字，表示徐鍇認為「牢」、「冬」有「聲」的關聯，卻又把它判為指事，這就不合理了。「牽」音「苦堅切」，上古音屬溪紐，「玄」音「胡涓切」，上古音屬匣紐，兩字同在真部第六，所以「牽」應是形聲字，徐鍇判為指事，可能是只注意到「從牛引牛之縻」而忽略了「玄聲」。

（二）徐鍇把形聲判為會意

徐鍇在〈疑義〉卷中說：「會意者，人事也。」會意和形聲最大的差別是在於會意主「意」而形聲主「聲」。在徐鍇的理論中，「亦聲」雖然有「聲」的關聯，但因為它是「主意兼聲」，所以徐鍇認為「亦聲」是歸屬於會意的。不過，由於形聲和會意都是合體的字，而「亦聲」和「聲」的差別又有極主觀的判斷，如《說文》中說「從某某聲」，而徐鍇註解為會意的，共有六十五個字。其中曾說明應是「主意兼聲」的只有十三個字，其餘五十二個字都是擁有「從某某聲」的形聲體例，卻被徐鍇判為會意的。例如：

〈丮部〉**埶** 食飪也。從丮臺聲。《易》曰：「埶飪。」臣鍇曰：「臺音純，埶也。從手丮取是埶也。會意。」成育反。

〈支部〉**敞** 平治高土可以遠望也。從支尚聲。臣鍇按：「《史記》：『韓信行營高敞地』。會意。」赤丈反。

〈犬部〉**狊** 犬視貌。從犬目聲。臣鍇曰：「會意。」涓寂反。

〈女部〉**始** 女之初也。從女台聲。臣鍇按：「《易》曰：『有天地然後有萬物，有萬物然後有男女，有男女然後有夫婦，有夫婦然後有父子、君臣、上下。』又曰：『至哉坤元，萬物資始。坤，母道也。』會意」施起反。

〈手部〉**舉** 對舉也。從手與聲。臣鍇曰：「會意。」以虛反。

對於徐鍇的這種現象，相菊潭《說文二徐異訓辨·自序》中說：

逐字詳究之，所見或有不同。但聲從義出，形由聲定，形聲字，以聲為主，形為從，而義在其中。小徐雖較大徐聰穎，惟亦未深明聲韻，所引說解，與校語互相矛盾，足證其信心不監也。〔註26〕

個人則認為「主」、「從」的觀念牽涉到解釋字義時的主觀判斷，同樣一個字，許慎主「音」而徐鍇主「意」，也未必一定是徐鍇判斷錯誤，例如：

〈毌部〉**貫** 錢貝之貫。從毌貝聲。臣鍇曰：「毌貝。會意。」古翰反。

在這個例子裡，「貫」字「從毌貝聲」應是形聲字，但若只把「貝」當作聲符看待，則只有「毌，穿物持之」的意思，所以徐鍇認為應從「毌貝」是合理的，大徐本甚至直接校改成「從毌貝」了。不過，徐鍇在註解時還是應該把不同意見的情形註明清楚，才不會有「混亂體例」的情況產生。

〔註26〕請參見《說文二徐異訓辨》卷一〈自序〉第 35 頁。（非書中頁碼。書中前〈序〉都不列頁碼，請自行點算）

（三）徐鍇把形聲誤為象形

〈巾部〉**褐** 蓋衣也。從巾冢聲也。臣鍇曰：「象形。古有罪者著黑是也。」母東反。

以上是徐鍇將六書理論實際應用在文字的判斷時所產生的一些問題，大致而言，誤判的產生都是因為觀點的歧異所產生，另外也有可能是由於《說文繫傳》的原本多散佚殘破，後人補掇時，不免會有錯置的情形，例如：

〈雲部〉**雲** 山川气也。從雨云聲。象雲回轉形。凡雲之屬皆從雲。臣鍇曰：「《禮》曰：『山川出雲』。指事。」羽文反。

〈雲部〉**云** 亦古文雲。臣鍇曰：「二字直象形而已。」

相菊潭《說文二徐異訓辨》中說：

> 「象雲回轉形」，為釋下古文雲之詞，誤移于上。「臣鍇曰：『指事』亦係云之校語，誤列雲之下。張次立乃于「亦古文雲」下增「臣鍇曰：『二字直象形而已。』」此句立文，不類鍇語。「而已」二字，尤費解，可斷為次立所增。〔註27〕

所以，雖然徐鍇將六書理論實際應用在文字的判斷時，會產生一些失誤，而且他也沒有後人分辨得那麼精細，但在當時，徐鍇六書理論的完成已經算是難能可貴的發明了。

第三節　《說文繫傳・部敘》內涵的分析

《說文解字》是中國第一部以部首來分部的字典，段玉裁《說文解字注》中說：

> 凡字必有所屬之首，五百四十字可以統攝天下古今之字，此前古未有之書，許君之所獨創。若網在綱，如裘挈領，討原以納流，執要以說詳，與《史籀篇》、《倉頡篇》、《凡將篇》亂雜無章之體例，不可以道里計。顏黃門曰：「其書隸括有條例，剖析窮根原，不信其說，則冥冥不知一點一畫有何意焉。」此最為知許者矣！蓋舉一形以統眾形，所謂「隸括有條例」也；就形以說音義，所謂「剖析窮根原」也。是以《史篇》、《三倉》自漢及唐遞至放失，而《說文》遂嫥行於世。〔註28〕

《說文》部首的發明，可說是許慎的一大創舉，所以自然也成為徐鍇研究的重點之

〔註27〕請參見《說文二徐異訓辨》卷五第 689 至 690 頁。
〔註28〕請參見段玉裁《說文解字注》第 772 頁。

一。王鳴盛在〈說文分部次敘〉中說：

> 分五百四十部其先後次敘據〈後敘〉云：「方以類據，物以群分。同條牽屬，共理相貫。雜而不越，據形系聯。引而申之，以究萬原。畢終于亥，知化窮冥。」據此意以觀全書牽聯系屬之例灼然可知。徐鍇《說文繫傳》作〈部敘〉二卷綴于其後，自「一」部下推原所以編排緣由，仿敘〈卦傳〉而云，故次之以「上」。上卷終于觜部，下卷始于人部。徐鍇于人部別自起頭一，若以「一」固當居首，而人爲萬物之靈，亦當別起，其前不必有所承矣！〔註29〕

這段話不但敘述了《說文》部首牽聯系屬的情形，同時也說明了徐鍇撰〈部敘〉卷的目的和體製。不過，個人認爲徐鍇撰〈部敘〉的目的除了推原許慎編排緣由外，更重要的是要表達人間事物相生相成的道理。《說文繫傳·系述》中說：

> 分部相屬，因而繹之，觸類而長之，以究竟天下之事。久則不昭，昧則無次，抽其緒作〈部敘〉第三十一至三十二。〔註30〕

徐鍇在〈系述〉卷中明白表示他撰作〈部敘〉的方法是「觸類而長之」，而目的則爲了「以究竟天下之事」，因此〈部敘〉中的各部次序有些和〈通釋〉中部敘不同的脫序情形，以下就列表來比對〈通釋〉、〈部敘〉和段注《說文》在部敘上的差異。

序　　號	〈通　釋〉	〈部　　敘〉	段注《說文》	備　　註
一〇五	鼻部	闕	同〈通釋〉	
一五一	曰部	同〈通釋〉	旨部	
一五二	乃部	同〈通釋〉	曰部	
一五三	丂部	同〈通釋〉	乃部	
一五四	可部	同〈通釋〉	丂部	
一五五	兮部	同〈通釋〉	可部	
一五六	号部	同〈通釋〉	兮部	
一五七	于部	同〈通釋〉	号部	
一五八	旨部	同〈通釋〉	于部	
一九二	闕	闕	擧部	
二一八	彎部	闕	同〈通釋〉	
二四〇	囧部	闕	同〈通釋〉	
二五一	彔部	克部	同〈部敘〉	
二五二	克部	彔部	同〈部敘〉	

〔註29〕請參見《說文解字詁林》前編下說文分部第995頁。
〔註30〕請參見祁刊本《說文繫傳·系述》卷四十第1348頁。

二七九	网部	闕	同〈通釋〉	
二八四	白部	闕	同〈通釋〉	
二九三	丘部	众部	同〈通釋〉	
二九四	众部	丘部	同〈通釋〉	
二九七	臥部	裘部	同〈通釋〉	
二九八	身部	老部	同〈通釋〉	
二九九	𦣞部	毛部	同〈通釋〉	
三〇〇	衣部	毳部	同〈通釋〉	
三〇一	裘部	尸部	同〈通釋〉	
三〇二	老部	尺部	同〈通釋〉	
三〇三	毛部	尾部	同〈通釋〉	
三〇四	毳部	臥部	同〈通釋〉	
三〇五	尸部	身部	同〈通釋〉	
三〇六	尺部	𦣞部	同〈通釋〉	
三〇七	尾部	衣部	同〈通釋〉	
三二七	丙部	闕	同〈通釋〉	
三三二	彣部	闕	同〈通釋〉	
五〇八	六部	闕	同〈通釋〉	
五〇九	七部	闕	同〈通釋〉	
五一四	乙部	闕	同〈通釋〉	十幹相承
五一五	丙部	闕	同〈通釋〉	十幹相承
五一六	丁部	闕	同〈通釋〉	十幹相承
五一七	戊部	闕	同〈通釋〉	十幹相承
五二一	辛部	闕	同〈通釋〉	十幹相承
五二二	𨐒部	闕	同〈通釋〉	
五二三	壬部	闕	同〈通釋〉	十幹相承
五二六	了部	闕	同〈通釋〉	
五二七	孨部	闕	同〈通釋〉	
五二八	去部	闕	同〈通釋〉	
五二九	丑部	闕	同〈通釋〉	十二辰相承
五三〇	寅部	闕	同〈通釋〉	十二辰相承
五三一	卯部	闕	同〈通釋〉	十二辰相承
五三二	辰部	闕	同〈通釋〉	十二辰相承
五三三	巳部	闕	同〈通釋〉	十二辰相承
五三四	午部	闕	同〈通釋〉	十二辰相承
五三五	未部	闕	同〈通釋〉	十二辰相承
五三六	申部	闕	同〈通釋〉	十二辰相承
五三七	酉部	闕	同〈通釋〉	十二辰相承

| 五三八 | 酋部 | 闕 | 同〈通釋〉 | |
| 五三九 | 戌部 | 闕 | 同〈通釋〉 | 十二辰相承 |

從以上的列表中，我們可以發現「丮」部是〈通釋〉和〈部敘〉中都闕的，雖然許慎有五百四十部首，但實際上《說文繫傳》卻只有五百三十九部，不過這個闕並不是由於《說文繫傳》中沒有這個字，只是徐鍇不把它當成部首字而已。

此外，有許多部首字並沒有列在〈部敘〉中，除了最後相承的十幹、十二辰外，「丏部」、「白部」、「网部」、「囧部」等，也都被排除在〈部敘〉外，這種《說文繫傳》本身〈部敘〉和〈通釋〉部首歧異的情形，說明了〈部敘〉不單只爲了說解許慎部首的編排順序，而是利用部首順序的聯結，來闡述一套萬物相生相成的道理，所以在部首的運用上，才產生了一些取捨的情形。

第四節　《說文繫傳・袪妄》內容的分析

《袪妄》卷是徐鍇對李陽冰刊定《說文》中部分觀點的批評，全卷共計有五十七字。金錫齡〈李陽冰刊定《說文》辨〉中說：

> 由此觀之，陽冰此書欲難叔重，實則於古人作字之本原未之深究。第逞小慧，私智穿鑿其辭，楚金駁之，是豈故爲叔重左袒哉？

因此，李陽冰的訓釋確有不當的地方。根據徐鍇〈袪妄〉中的批評來分析，李陽冰刊定《說文》時所產生的誣妄大致有下列四種：一是在字義訓釋的內容方面；二是在字體結構的分析方面；三是在字形的判別方面；四是在六書的辨識方面。以下就從這四個方向，並參酌吳穎芳〈討論袪妄篇疑義篇〉和段玉裁《說文解字注》中的意見，來分析探討徐鍇對李陽冰刊定《說文》中部分觀點批評的是非。

一、在字義訓釋的內容方面

在李陽冰的四類誣妄中，「字義訓釋上的錯誤」是徐鍇著墨最多的一類。因爲一般而論，字義的訓釋代表說解的人對字的看法與了解，所以，除了引經據典、綜論舊說會得到比較客觀的結論外，主觀的成分是佔大部分，因此，難免就會在字義的詮釋上造成許多觀點的歧異。例如：

〈竹部〉𣎵 《說文》曰：「冬生草。」陽冰云：「謂之草，非也。」臣鍇以爲：竹類於草近，於木遠，今言草之冬者即當矣！若不言冬生草，可謂之冬生木乎？非木非草復是何物？陽冰之妄。

按：對於竹的歸類問題，段玉裁說：「云『艸』者，《爾雅》竹在〈釋艸〉，《山

海經》有云：『其艸多竹』。」而吳穎芳則認爲「古者艸木通稱，……本艸中該有木類，不須辨明。」因此，在《爾雅》、《山海經》的撰作時期，對於植物屬類的概念是較粗略的。竹，根據現今植物的分類是屬於禾本科，常綠多年生，莖木質，中空有節，通常是喬木或灌木狀。所以，許慎和徐鍇說竹是「草」，而李陽冰認爲「非草」，主要是他們對「草」的定義不同的原故。

　　〈米部〉米　《說文》云：「穬粟實也，象禾實之形。」陽冰云：「在穗上之形。」臣鍇以爲：天降嘉穀，一稃二米，此象稃穀坼開，米出見也。米者，已去稃裹之名，若穗上則粟穀矣！陽冰爲妄。

　　按：段玉裁注說：「四點者，聚米也。十其間者，四米之分也。篆當作四圓點以象形，今作長點，誤矣！」而吳穎芳則認爲「徐氏不得米文本意，分別苛求。」個人認爲稻實爲「穀」，去殼爲「米」，既然去殼，就已收割，不會在穗上，李陽冰說「米」是在穗上的形狀，徐鍇糾正他的說法，並不算刻求。

　　〈冫部〉仌　《說文》云：「象水凝冰形。」陽冰云：「象冰裂之形。」臣鍇以爲：冰之初結，其狀如此，豈有不象冰之結而象其隙罅？其妄甚矣！

　　按：段玉裁注說：「象冰初凝紋理也。」而吳穎芳認爲「仌爲古文𠘤之省變，聊志其象似耳。且冰結自成裂文，結與裂何爭焉！」個人則贊成吳氏的看法。

二、在字體結構分析方面

　　在文字的草創時期，形體結構的組合具有它合成一字的意義，所以「拆字」也是釋字的一項重要步驟。李陽冰在刊定《說文》時，有一些字的拆法和許慎不同，徐鍇便基於「文字之義無出《說文》」的原則而駁斥李陽冰的說法。個人認爲許慎部分字體的解析，有時會受到他深厚的經學素養所影響，況且許慎撰《說文》主要也是爲了「解經」，所以有時未必能符合文字草創的結構。因此，只要不泯滅許慎的說解，李陽冰的看法也算是存異論，讓後人能從不同的角度去瞭解一個字，這也是無可厚非的。

　　〈龠部〉龠　《說文》云：「樂竹管以和眾聲，從品侖。侖，理也。」陽冰云：「從亼冊，亼古集字。品象眾竅，蓋集眾管如冊之形而置竅爾。」臣鍇按：《詩》：「左手執龠」是以和樂也。又曰：「於論鼓鍾」注云：「論，倫也。」品實三口象龠三管於義何害？何必妄拆侖字也。

　　按：吳穎芳說：「說龠文、侖理、解侖字，本非違背。三竅眾管，說皆可通，附存一說，非與許君爲難。」《說文》「侖」：「從亼冊。」段玉裁說：「聚集簡冊必依其次第，求其文理。」在合奏的國樂器中，龠並非主奏的樂器，所以，龠是否能有「理」

的含意，而必將「亼冊」二字合成「侖」字？這也是值得商榷的。所以，個人認爲李陽冰的看法也未必是錯誤的。

〈川部〉州 《說文》：「九州地之高者，從重川爲州。」陽冰曰：「三丩爲州。」臣鍇以爲：水中可居曰丩，九州之義在水之上，其州高處亦復有水，故重川之言允矣！若云「丩與州爲聲」，何必三乎？

按：古文州字爲「𠙹」，僅有一丩，段玉裁說：「此象前後左右皆水。」個人認爲古以「三」代表多數，丩是水中可居的地方，三丩代表水中比較大片的可居地，一樣不失「州」居地前後左右都有水的意義。所以，李陽冰的詮釋也是值得參考的。

〈土部〉土 《說文》：「二象地之下，地之中丨物出也。」陽冰云：「土數五，成數十，取成數下一，地也。」臣鍇以爲：士字從十從一，陽冰無異義，今云：土字從十一，則士字復何以處之？其妄甚矣。

按：王筠《說文解字句讀》說：「二者，地之數，非地之象。」則何以「成數下一」代表「地」呢？個人認爲以陰陽五行的數來解析字是不適當的。

三、在字形的判別方面

許愼《說文解字·敘》說：「今敘篆文，合以古籀。」段玉裁注說：

> 篆文謂小篆也，古籀謂古文、籀文也。許重復古，而其體例不先古文、籀文者，欲人由近古以考古也。小篆因古籀，而不變者多，故先篆文正所以說古籀也。……凡全書有先古籀，後小篆者，皆由部首之故。

李陽冰的異議，大多由於不知許愼體例，或因書寫體勢的不同而產生。例如：

〈頁部〉夏 《說文》如此。陽冰云：「夏當作夏。」臣鍇按：李斯書實如陽冰所作。然陽冰不了其義，許愼言其所由李斯小篆，所異者少。李斯隨事書之，筆力微變，未足譏評也。

〈矛部〉矛 《說文》：「酋矛也。」篆形陽冰作串，然無所說。臣鍇以爲：矛戟之字直如許愼所作，丨其柄也，上𠃌其首也，乀亦其枝也，丿其建衣也。陽冰所作串本出蠢賊字，蠢字上非矛字，亦不成文。中丨直象苗之莖，串象蟲緣繞自下而上食其葉端。今人見此因書矛戟字與之同，妄矣！

〈金部〉金 《說文》：「從土左右注，象金在土中之形，今聲。」金古文。陽冰云：「當作金，許愼金體非。」臣鍇以爲：金，古文，蓋古篆如此，金爲正體，陽冰合之妄矣！

四、在六書的辨識方面

（一）李陽冰把象形誤為會意

〈呂部〉幺　《說文》：「小也。象子初生之形。」陽冰云：「厶，不公也，重厶為幺，蒙昧之象也。會意，非象形。」臣鍇按：《爾雅》：「幺，幼也。」真是幼小之稱，非為蒙昧。陽冰妄矣！

〈亼部〉亼　《說文》云：「參合也。從入一，象三合形。」陽冰云：「入者，合集之義，自一而成乎億萬。入者集之初，故從入從一。」臣鍇以為：亼，合也。故象三合。人三為眾，眾合乃為集，入一爾豈得言集！集者象眾集，豈言其初？陽冰妄矣！

按：段玉裁說：「『象三合之形』謂似會意而實象形也。」吳穎芳則認為「三畫引合成文，平淺易知，認作出入字及人事字，添出支離議論。」

〈主部〉主　陽冰云：「凵象膏澤之氣，土象土木為臺，氣主火之義。會意。」臣鍇以為：鐙火之臺不得言土，膏澤下流亦不上出，象形，非會意。

（二）李陽冰把象形誤為形聲

〈豐部〉豐　《說文》曰：「豆之豐滿者。象形。」陽冰云：「山中之丰乃豐聲也。」臣鍇以為：象豆滿形足矣！山是何義字？

（三）李陽冰把指事誤為會意

〈刃部〉刃　《說文》云：「刃，刀之堅利處，象有刃之形。」陽冰曰：「刀面曰刃，一示其處所也。此會意。臣鍇以為：刃在刀前即是象形，縱使以一示其處，即為指事，非會意也。

（四）李陽冰把指事誤為形聲

〈血部〉血　《說文》曰：「血祭所獻也，從皿，一，血也。」陽冰云：「從一聲。」臣鍇以為：人身之血無可以象，故象血在此，但見於器。若言一聲，則惟有皿在此，但見器爾。豈關血乎？陽冰此義最謬。

（五）李陽冰把會意誤為指事

〈勺部〉与　《說文》：「賜予也。一勺為與，與予皆同。」陽冰云：「中畫盤屈，兩頭各鉤物，有交互相與之義，與互同意。許云一勺，甚涉迂誕，與屈中為虫何殊？」臣鍇以為：勺，取也。謂挹取而與之，一而與之，無或二三也。言與則直與爾，何必交互乃為相與？雖篆有今古，筆有省便，義無踰於慎也。

（六）李陽冰把形聲誤為象形

〈臼部〉𦥑 《說文》云：「從臼，自臼，交省聲。」臣鍇曰：臼，持也。人身頭皆關節要害，所以自秉持其身，猶竹木之節，交要實聲，許不言象形，此義明了，不可強以為形。故也，陽冰所見為淺近焉。

（七）李陽冰把形聲誤為會意

〈屮部〉毒 《說文》：「從屮毒聲。」陽冰云：「從屮毋出地之盛，從土，土可制毒，非取毒聲，毒，烏代反。」臣鍇按：顏師古注《漢書》，毒音與毒同。是古有此音，豈得非聲？毋何得為出地之盛？方說毒而言土可制毒，為不類矣！

（八）兩人都認為是會意，但李陽冰誤為省形

〈足部〉路 《說文》：「從足各聲。」臣鍇以為：古之音字或與今殊，蓋亦不甚切，或多「聲」字。可言各者，路各別之意。陽冰云：「非各聲，從足輅省。」臣今按《周禮》車輅字多借路字，然則先有路字後有輅字，不得云：路從輅省也。

按：《說文繫傳・通釋》「輅」字下張次立說：「徐鉉云：各非聲，當從路省。」

對於徐鍇〈祛妄〉中對李陽冰看法的批駁，個人認為大部份還算精當，不過有時不免過於維護許慎，即使明知李陽冰沒錯，也要將他貶損一番，並為許慎強加說解，顯現了徐鍇批評中主觀的一面。

第五章　結　語

第一節　《說文繫傳》對後世的影響

一、「因聲求義」在訓詁學上的影響

　　根據胡師楚生先生《訓詁學大綱》中的分類，訓詁的方法可分成形訓、音訓、義界和翻譯四種〔註1〕，而「因聲求義」就是音訓的方法，在本文中稱作「聲訓」。

　　「因聲求義」的聲訓方式早在許慎撰《說文》時就曾經使用，例如：

　　〈毛部〉**㲣**　選也。仲秋鳥獸毛盛，可選取以爲器。從毛先聲。讀若選。

　　〈人部〉**俑**　痛也。從人甬聲。

　　〈心部〉**㥾**　憮也。從心某聲。讀若侮。

　　「㲣」從毛先聲，音「穌典切」，上古韻屬諄部第九；「選」從巽，巽亦聲。音「思沇切」，上古韻屬元部第三，兩字古聲同在心紐，所以，「㲣」和「選」聲同韻異。「俑」從人甬聲，音「他紅切」，「痛」從甬聲，音「他貢切」，上古音同屬透紐、東部第十八；「㥾」從心某聲，音「亡甫切」，上古韻在之部第二十四；「憮」從心無聲，音「文甫切」，上古韻在魚部第十三；而「侮」從毛每聲，古文從母，段玉裁注：「母聲猶每聲也」，音「武罪切」，「母聲」上古韻屬之紐第二十四，三字古聲都在明紐，所以「㥾」、「憮」和「侮」也是聲同韻異。

　　以上是《說文》中所用的聲訓方式，不過在《說文》中，大部分還是以形訓和義界的方式爲主，直到南唐徐鍇《說文繫傳》裡，聲訓的方式才被大量採用在註解《說文》上。

〔註 1〕詳細內容請參見《訓詁學大綱》第五章第 75 至 105 頁。

徐鍇「因聲求義」的訓解方式引起了後人對聲訓的注意，到了清代更與當時考據的環境結合，而帶動了訓詁學風的盛行，所以它的影響可說是極為深遠。錢曾怡和劉聿鑫在《中國語言學要籍題要》中曾說：

> 許慎的說解，文辭簡質，語意深奧，徐鍇徵引經傳諸書，證以後世俗語，予以詳細闡釋。雖然間或有失繁冗，但是為《說文》作注，實始於徐鍇。清代學者注《說文》，蓋受其啟發，陰本其說者亦不少。〔註2〕

清代學者受了徐鍇「因聲求義」的啟發，推因求原，建立了一套較為完整的聲訓理論，如王念孫的《廣雅疏證》就是應用「因聲求義」的訓詁方式，內容頗為精審。所以，段玉裁在〈《廣雅疏證》序〉中便說：

> 小學有形有音有義，三者互相求，舉一可得其二；有古形，有今形，有古音，有今音；有古義，有今義；六者互相求，舉一可得其五……聖人之制字，有義而後有音，有音而後有形；學者之考字，因形以得其音，因音以得其義。治經莫重於得義，得義莫切於得音。〔註3〕

他的說法一方面稱揚王念孫的疏證方式，一方面也明確地表達出聲訓在訓詁上的重要性。

二、六書「三耦論」對鄭樵的啟發

丁福保曾在〈說文解字詁林自敘〉中對鄭樵的《通志·六書略》提出極為嚴厲的批評，他說：

> 南宋鄭樵以博洽傲睨一時，乃作〈六書略〉，其於儒先斥之為顛沛淪沒，如受魅然，自《春秋傳》、《禮記》至韓非揚雄，皆斥為不識六書之義，其詆諆許氏為多虛言死說，僅知象形、諧聲二書以成《說文》，六書已失其四。……而由元及今，猶躊躇〈通志略〉於杜君卿、馬貴與之間，尊為「三通」，其誣罔六書不為不久矣！〔註4〕

綜觀鄭樵〈六書略〉中所說，並沒有詆諆許慎《說文》的意思。他在〈假借中〉說：

> 六書之難明者，為假借之難明也。六書無傳，惟借《說文》。然許氏惟得象形、諧聲二書以成書，牽於會意，復為假借所擾，故所得者亦不能守焉。……嗚呼！六書明則六經如指諸掌，假借明則六書如指諸掌。〔註5〕

<hr>

〔註2〕請參見錢曾怡、劉聿鑫編《中國語言學要籍題要》中〈說文繫傳〉第225頁。
〔註3〕請參見《廣雅疏證》第1頁〈段玉裁序〉。
〔註4〕請參見《說文解字詁林》「丁福保《說文解字詁林》自敘」第7頁。
〔註5〕請參見《通志·六書略四》卷三十四〈假借序〉第503頁。

鄭樵的意思主要在說明許慎在象形和諧聲〔註6〕的分辨上較明晰，可是卻又被會意和假借混淆，而使得六書難以辨明，決不是有意詆譭許慎來襯托自己的才學。更何況《通志‧六書略》中分類的依據大多還是採用許慎《說文》的訓釋，正如鄭樵自己在〈論一二之所生〉所說：

> 臣六書證篇實本《說文》而作，凡許慎是者從之，非者違之，其同乎許氏者，因畫成文，文必有說，因文成字，字必有解；其異乎許氏者，每篇總文字之成而證以六書之義，故曰：六書證篇。然許氏多虛言，證篇惟實義，許氏所說多滯於死，證篇所說獨得其生。蓋許氏之義著於簡書而不能離簡書，故謂之「死」；證篇之義舍簡書之陳述，能飛行走動，不滯一隅，故謂之「生」。〔註7〕

所謂「虛言」是指許慎的說解往往對於六書的判定方面沒有幫助，而所謂「死說」則是指許慎的訓釋被簡書所局限，不能自由發揮的意思。因此，鄭樵的《通志‧六書略》旨在闡揚文字六書的意義，它還是本著許慎的《說文》而作的，至於他的六書說則明顯受到徐鍇「三耦論」的影響。

鄭樵〈六書序〉說：

> 經術不明由小學之不振，由六書之無傳。聖人之道惟藉六經，六經之作惟務文言，文言在於六書，六書不分，何以見義？經之有六書猶奕之有二棋、博之有五木。奕之變無窮不離二色，博之應無方不離五物。苟二棋之無別，則白猶黑，黑猶白也，何以明勝負？苟五木之不分，則梟猶盧也，盧猶梟也，何以決雌雄？小學之義第一當識子母之相生；第二當識文字之有間。象形、指事，文也；會意、諧聲、轉注，字也；假借，文、字也。象形、指事一也，象形別出爲指事；諧聲、轉注一也，諧聲別出爲轉注，二母爲會意，一子一母爲諧聲。六書也者，象形爲本。形不可象，則屬諸事；事不可指，則屬諸意；意不可會則屬諸聲，聲則無不諧矣！五不足而後假借生焉。〔註8〕

從鄭樵的〈六書序〉中，我們可以看出鄭樵和徐鍇在六書總義上有很多相同或類似的論調：

　　（一）六書起於象形——徐鍇在「上」字下註說：「凡六書之義起於象形」，而鄭樵則認爲「六書也者，象形爲本」。

〔註6〕凡鄭樵文中稱「諧聲」的，就是本文所說的「形聲」。
〔註7〕請參見《通志‧六書略一》卷三十五〈論一二之所生〉第508頁。
〔註8〕請參見《通志‧六書略一》卷三十一〈六書序〉第487至488頁。

（二）在文字的發展上也是先有象，後有事，而後發展意，最後才是聲的關係，而轉注和形聲相似。前五書不足，假借便因此而產生。──徐鍇〈通釋〉「上」字下註中說：

> 大凡六書之中象形、指事相類，象形實而指事虛；形聲、會意相類，形聲實而會意虛；轉注則形事之別，然立字之始類於形聲，而訓釋之義與假借爲對。

而鄭樵「象形、指事一也，象形別出爲指事；諧聲、轉注一也，諧聲別出爲轉注，二母爲會意，一子一母爲諧聲。」的看法，正好和徐鍇的「三耦論」相合。

（三）象形、指事爲「文」，會意、形聲爲「字」。──徐鍇在「上」字下註說：

> 象形者倉頡本所起，觀察天地萬物之形謂之文，故文少；後相配合孳益爲字，則形聲、會意者是也。

鄭樵也說：「象形、指事，文也；會意、諧聲、轉注，字也。」所以，在六書「文」、「字」的判定上，鄭樵也多少受到了徐鍇的影響。

此外，在象形一項中，鄭樵是依照「屬性」而把象形區分成天物之形、山川之形、人物之形、鳥獸之形……等十類，這種方式也和徐鍇在〈類聚〉中的歸類方式相同，這些都可以視爲徐鍇「三耦論」對鄭樵六書理論的影響。

三、戴震和段玉裁承襲「轉注爲互訓」的說法

《爾雅》是我國古代第一部重要的訓詁著作，在《說文》成書以前，《爾雅》也一直是學者說經解經時的主要參考書，甚至到了徐鍇《說文繫傳》裡的許多訓釋，都採用《爾雅》的說法〔註9〕。所以，《爾雅》的訓詁方式對後人的啓發可說是無遠弗及的。徐鍇在〈通釋〉「上」字下說：

> ……凡五字試依《爾雅》之類言之，耆、耋、耄、壽，老也。又老、壽、耋、耄、耆可同謂之老，老亦可同謂之耆，往來皆通，故曰：轉注，總而言之也。

根據《爾雅》的體例，「耆、耋、耄、壽，老也。」中「耆、耋、耄、壽」是列舉古人所用的同義詞，而「老」則是「耆、耋、耄、壽」的解釋。它們的意義相同或相類，是屬於一種互訓的方式。就字義的層面來說，它和許慎所舉的轉注例字「考，老也；老，考也」的情形很相似，所以，徐鍇便以《爾雅》的互訓方式作爲「轉注」的例子。

〔註9〕徐鍇《說文繫傳》中稱引《爾雅》及《爾雅注》的次數高達 459 次。詳見本文第二章第三節。

徐鍇把互訓當成轉注的看法，對後人的「轉注說」有著極大的影響，尤其是戴震、段玉裁更直接指出「轉注即互訓」。戴震〈答江慎修論小學書〉說：

> 震謂考、老二字屬諧聲、會意者，字之體；引之言轉注者，字之用。
> 轉注之云古人以其語言立爲名類，通以今人語言，猶曰「互訓」，云爾轉
> 相爲注，互相爲訓，古今語也。《說文》於「考」字訓之曰「老也」，於「老」
> 字訓之曰「考也」。是以序中論轉注舉之《爾雅・釋詁》有多至四十字共
> 一義，其六書轉注之法歟！別俗異言、古雅殊語，轉注而可知。故曰：「建
> 類一首，同意相受」。〔註10〕

戴震認爲轉注的意義在於通「別俗異言、古雅殊語」，所以「考」、「老」就造字的方法而言各自歸屬於形聲、會意，但用在互訓上就成爲轉注了。段玉裁承繼戴震的說法，並以《爾雅・釋詁》的例子作註解，他說：

> 建類一首，謂分立其義之類而一其首，如《爾雅・釋詁》第一條說「始」
> 是也。同義相受，謂無慮諸字意悄略同，義可互受，相灌注而歸於一首，
> 如：初、哉、首、基、肇、祖、元、胎、俶、落、權輿，其於義或近或遠，
> 皆可互相訓釋，而同謂之「始」是也。〔註11〕

所以，戴震和段玉裁都承襲並發揚了徐鍇「轉注爲互訓」的說法，雖然以章氏研究的結果來評估，「轉注爲互訓」的說法並不周全，但在徐鍇當時已經可以算是一大創見了。

第二節　《說文繫傳》的貢獻

從以上各章的敘述與分析中，我們可以瞭解到：雖然由於現存的版本不夠精良，再加上大徐本《說文》的盛行等許多原因，使得《說文繫傳》一直不受重視，但事實上《說文繫傳》對《說文》的傳承與研究而言，卻是不可或缺的一個轉接點，不論是在《說文》眞貌的保存上，或是有關內容思想的啓迪，《說文繫傳》都可說是《說文》的大功臣。

綜觀前人的說法，《說文繫傳》的貢獻至少有下列五點：

一、保存眞貌，傳承《說文》歷史

東漢許愼撰《說文解字》十四篇，是我國文字學著作中的經典，後世的字書如：

〔註10〕請參見《說文解字詁林》前編下「說文總論」〈答江慎修論小學書〉第966頁。
〔註11〕請參見《說文解字注》十五卷上第763頁。

《玉篇》、《類篇》等，無不溯本《說文》，而據以參稽排比。然而由於成書很久，經輾轉傳寫而導致魯魚亥豕、斷卷僞舛的情境發生，實在也是難免的。唐朝李陽冰精通篆書，所以曾將《說文》加以修訂，他雖然說是本著許慎的《說文》來寫，但事實上卻頗師心自用，常常憑自己的臆測來篡改許慎的詮釋，甚至詆訶許學，結果反而更使得原書錯誤遺脫，無法保存眞貌。

到了南唐，由於徐鍇頃心閱讀，深知文字的重要性，因此著《說文繫傳》四十卷，而成爲現存最早研究《說文解字》的著作。錢曾在《讀書敏求記》中說：

> 今觀此書〈通釋〉三十卷、〈部敍〉二卷、〈通論〉三卷、〈祛妄〉、〈類聚〉、〈錯綜〉、〈疑義〉、〈系述〉各一卷。而總名之「繫傳」者，蓋尊叔重之書爲經，而自比於邱明之爲《春秋》作傳也。〈部敍〉究竟始一終亥之義，〈祛妄〉直指陽冰之惑，參而觀之，字學於焉集大成，楚金眞許氏之功臣矣！惜乎流傳絕少，世罕有覩之者，當李巽巖時，蒐訪歲久，僅得七、八闕卷，誤字又無所是正，而況後之學人，年代寖遠，何從睹其全本乎？此等書應有神物呵護。〔註12〕

而祁寯藻在〈重刊影宋本說文繫傳敍〉中也說：

> 徐鼎臣、楚金兄弟校定表彰，爲許功臣，而小徐之《繫傳》，較大徐發明尤多。〔註13〕

祁寯藻和錢曾兩人對徐鍇《說文繫傳》的表現都抱持著極爲肯定的態度，而且他們也認爲徐鍇在《說文》傳承的歷史上，有重要的地位。因此，《說文繫傳》對《說文》校訂與研究，有著極爲重要的影響，而它在許學的傳承上，更具有不可泯滅的價值。

二、有述有論，啓迪後代思想

《崇文總目》中說：

> 鍇以許氏學廢，推源析流，演究其文，作四十篇，近世言小學，惟鍇名家。〔註14〕

徐鍇的《說文繫傳》有述有作，不但徐鉉校定的《說文》中多引用徐鍇的說法，而且連元代熊忠的《古今韻會舉要》所引用的《說文》，也都是採徐鍇的說法。

濮之珍《中國語言學史》說：

> 徐鍇對《說文解字》進行研究，也很有成績，他著有《說文解字繫傳》

〔註12〕請參見《讀書敏求記》第 200 頁。
〔註13〕請參見《說文解字詁林》前編上「敍跋類二」第 124 頁。
〔註14〕請參見《四庫全書》卷八十七史部目錄類第 41《崇文總目》。

四十卷，已能注意到形聲相生、音義相轉之理。……小徐是以自己的看法
來幫助讀者學習瞭解許慎《說文》。〔註15〕
徐鍇在註解《說文》的同時，常會提出一些創見，如：六書的「三耦論」、「虛實說」、
「轉注爲互訓」、「因聲求義」等，這些說法對後人都有很多的啓發和影響。

三、援引精博，有利訓詁考據

徐鍇《說文繫傳》中引書的數量高達三千四百五十二次，內容的廣博也遍及了
經史子集四部，雖然其中不免有援引上的失誤，但還是稱得上是精審廣博，所以陳
振孫《直齋書錄解題》說：

　　此書援引精博，小學家未有能及之者。
而徐灝〈說文繫傳跋〉也說：

　　惟綜覈全書，則精審者多。
《說文繫傳》中這些稱人引書除了證明徐鍇訓釋的客觀性外，也是後人訓詁考據時
很好的參考資料。

四、著書稱傳，回歸《說文》本位

吳寶恕〈重刊景宋本說文繫傳敘〉說：

　　蓋自有許書以來，多儕之字學，其尊信同於經典，則自楚金始也。〔註16〕
而楊家駱在〈說文解字詁林正補合編序〉中也說：

　　　劉歆《七略・六藝略》之「六藝」，指《易》、《書》、《詩》、《禮》、《樂》、
　　《春秋》六經，又有「論語」、「孝經」、「小學」三類，則附隸於六經者也。……
　　至「孝經類」之有「弟子職」，固可相依以附著，獨有《五經雜議》、《爾
　　雅》、《小爾雅》、《古今字》四書，則皆「群經總義」之屬，其書既少，不
　　能自成一類，遂附於《孝經》之後。謂《爾雅》、《古今字》爲群經總義，
　　不僅以其次《五經雜議》後，歆實別有說解，其言曰：「古文應讀《爾雅》，
　　故解古今語而可知也。」

　　　「小學類」如《史籀》十五篇、《蒼頡》一篇、《凡將》一篇、《急就》
　　一篇、《元尚》一篇、《訓纂》一篇，皆幼童識字教本；……《說文解字》
　　十四篇及〈後序〉一篇，如出於前漢，《七略》或將著錄之於「孝經類」
　　《古今字》後，即視之爲「群經總義」，而不列之於「小學類」。蓋以訓

〔註15〕請參見《中國語言學史》第四章第184頁。
〔註16〕請參見《說文解字詁林》前編上「敘跋類二」第141頁。

詁（包括《爾雅》等）、字書（包括《説文解字》等）、韻書（包括《切韻》等）合爲一類，係出後世逐漸將「小學類」擴大而成，初非歆之本意。〔註17〕

因此，若根據漢代劉歆《七略》的分類，《說文解字》本該歸屬於「群經總義」類，而不是「小學」類。所以，徐鍇著《說文繫傳》，把《說文》的地位從「小學類」提升到「經類」，因而使《說文》「尊信同於經典」，這也是徐鍇的一大貢獻。

〔註17〕請參見《説文解字詁林正補合編‧序》第 1 至 2 頁。

附　錄

一、《說文繫傳》和《說文篆韻譜》切語上字表的比較

發音 部位	聲紐	《說文繫傳》朱翱反切	聲紐	《說文篆韻譜》孫愐反切
喉 音	影	於乙伊衣依委迂烏哀安。 醞厄鷖鴉烟遏惡郁宛塢阿殷抉腕嘔丫剜咽倚應因蔚冤鬱歐秧喝意愛晏淵憂抑隱恩按一幽縈汪彎屋鶯。（53）	影	於乙伊衣依委迂烏哀安。 央億憶英紆。（15）
	曉	呼荒火虎赫訶許喜虛香翾況。 吼蚍治蒿吁煇訐勳詡訓闐欣忻獻呵軒享亨歇赫希笏兄毀麾曉顯歡馨海喧勖昏。（45）	曉	呼荒火虎赫訶許喜虛香翾況。 朽羲。（14）
	匣喻 （爲）	戶乎胡何下侯于王雨羽永爲榮云有羊以亦移弋余營夷與笱。 員宇位爰尤延炎猶又矣拽挾俞焉剡也易逸融輿引翼養欲異胤煬寅豫唯掾勻尹予賢形兮由預螢玄熒迴綏桓蒙回痕渾魂孤寒候賀閑衡行河荷猴限遐恨混很旱後霞。（94）	匣	戶乎胡何下侯。 莖黃。（8）
			喻	羊以亦移弋余營夷與。 怡餘。（11）
			爲	于王雨羽永爲榮云有笱。 韋蕙洧。（13）
牙 音	見	古姑格居九己舉公吉糾俱矩。 根亟庚各梗句鉤狗溝江構姦良穀弓鞠幾機屈久斤郡卷釁君昆家孤骨固簡貢開加解堅徼激擊訖涓鶪據鳩謹楷瞿見結飢汲角國干更講笱笴工經季均橘緊。（75）	見	古姑格居九己舉公吉糾俱矩。 過佳乖詭几。（17）
	溪	苦口牽曲喫祛可豈丘邱去區詰。 客慳袴刻看肯弆起气氣卻穹羌驅勸揩渴騫器棄枯庫誇犬懇困闊寬坤睽溪契挈欺輕遣傾。（51）	溪	苦口牽曲喫祛可豈丘邱去區詰。 康弃空恪楷。（18）
	群	其群求巨渠強。 健虬具忌期衢頎近勤藁虔件極曁倦權騎技岐翹伎揆葵。（29）	群	其群求巨渠強。 狂歧瞿奇。（10）
	疑	五研魚疑語愚虞吳吾牛宜。 禦頷隅元倪阮擬睨顏迓我牙崖迎偶頑午岸眼御言彥逆銀。（35）	疑	五研魚疑語愚虞吳吾牛宜。 危禺饟。（14）

		端	得多都丁當的。 悑觀且兜單丹登端顛。（15）	端	得多都丁當的。 德耑多。（9）
舌 音	舌頭音	透	他吐土。 摘遏趨惕汀聽禿忒倫吞推通透。（16）	透	他吐土。 它託天湯。（7）
		定	徒杜特度待田。 廷稻豆笛敵地狄庭亭圖荼道脫定滕騰達頭投大隋但牷陀駝。（31）	定	徒杜特度待田。 同唐。（8）
		泥	奴內乃年那。 奈按能佞泥寧襧㺜鳥。（14）	泥	奴內乃年那。 諾。（6）
	舌上音	知	陟竹中珍張知追。 屯侘貞朓輒展謫徵智轉誅輟。（19）	知	陟竹中珍張知追。 駐猪。（9）
		徹	丑恥敕。 抽暢褚褚。（7）	徹	丑恥敕。 坼。（4）
		澄	直治除柱宅遲池。 箸鄭馳陳值篆宙長纏橡澄澤茶著。（21）	澄	直治除柱宅遲池。 持佇丈。（10）
		娘	女尼。 晶。（3）	娘	女尼。（2）
	半舌音	來	勒粝洛郎魯落來盧力里呂良。 論黎略盧律留輂黎鄭李六栗龍婁令柳禮了連廉廬歷零利梁闌婁勞蓮羅稜鹿梁籠錄劣戀。（49）	來	勒粝洛郎魯落來盧力里呂良。 离練。（14）
齒 音	齒頭音	精	子姊精醉將煎即則臧作祖鐏。 津峻箭進贊晉井節計沛蹤遵左走增憎卒遭租組績。（33）	精	子姊精醉將煎即則臧作祖鐏。 足茲。（14）
		清	倉取親七千麤此雌。 秋妻刺竊銓次遷且猜切倩清趣蒼蔡造操翠村醋。（28）	清	倉取親七千麤此雌。 采戚。（10）
		從	昨在徂才前秦慈情字疾。 自齊錢賤殘存材寂牆賊族全泉粗就絕從。（27）	從	昨在徂才前秦慈情字疾。 藏匠。（12）
		心	息思司斯辛桑相蘇素先私雖悉。 消亘修脩小詢星仙削枲宵聳昔速孫四散叟異賜絲喧。（35）	心	息思司斯辛桑相蘇素先私雖悉。 胥須穌。（16）
		邪	似詳徐辭詞夕。 松席祠涎續邪旋。（13）	邪	似詳徐辭詞夕。 祥旬。（8）
	正齒音	莊	側鄒阻。 齋事臻壯宰。（8）	莊	側鄒阻。 莊斬。（5）
		初	測初楚。 察叉滄篡襯。（8）	初	測初楚。 創火。（5）
		疏	色疏山數所史。 率疎師瑟。（10）	疏	色疏山數所史。 生疎沙。（9）
	舌齒間音	牀神禪	時牀食神是氏善市實士殊常成俟乍鉏仕。 石它射甚視辰船韶涉尣樹上示禪助岑愁蟬。（35）	牀	鉏牀仕士俟乍。 鋤。（7）
				神	神食實。 乘。（4）
				禪	常殊時市善氏是成。 蜀植署承丞臣。（15）
		照	之止章支職旨諸朱。 只酌勺正隻眞戰周振掌煮遮甄準專燭拙主。（26）	照	之止章支職旨諸朱。 征脂。（10）

齒音	舌齒問音	穿	昌齒處叱赤充尺。 醜稱瞋川啜唱出。（14）	穿	昌齒處叱赤充尺。 吹春。（9）
		審	式傷書詩失施識輸。 申水手賒攛世矢庶升收尸飾叔設。（22）	審	式傷書詩失施識輸。 舒商賞始。（12）
	半齒音	日	而耳然人汝儒如。 忍頓閏柔乳仁熱爾日若。（17）	日	而耳然人汝儒如。 仍兒。（9）
唇音	重唇音	幫	補伯北邦博布邊彼鄙兵悲辟卑必并。 巴逋不本貝八晡杯跛奔扁筆碑羆彬冰碧邠逼賓畢屏。（37）	幫	補伯北邦博布邊并彼鄙兵悲辟卑必。 百。（16）
		滂	滂匹普浦披。 片溥拍培坏潘剖坡鋪噴破判。（17）	滂	滂匹普浦披。（5）
		並	薄旁步蒲部傍皮平毗弼便婢。 盤陪盆白彭萍並朋辨備被疲貧頻脾鼻避。（30）	並	薄旁步蒲部傍皮平毗弼便婢。 （12）
		明	莫迷謀母米美眉明名彌。 脈梅門蒙滿毛木謨模磨夢沒摩墨眠悶尨忙免冕密閩民沔滅面弭。（37）	明	莫迷謀母米美眉明名彌。 慕摸麿蜜。（14）
	輕唇音	非敷	甫分芳府方敷孚。 翻頒脯拂弗付飛夫福秘。（17）	非	甫分方府。 俯非。（6）
				敷	敷孚芳。 撫。（4）
		奉	房防附符扶。 凡伐服復焚斧父浮。（13）	奉	房防附符扶。 縛馮。（7）
		微	亡無武文。 勿聞舞尾。（8）	微	亡無武文。（4）

二、《說文繫傳》和《說文篆韻譜》切語下字表的比較

左側八欄（韻類與切下語字）為《說文繫傳》朱翱反切；右側八欄為《說文篆韻譜》孫愐反切。

韻攝	平聲 韻類	平聲 切下語字	上聲 韻類	上聲 切下語字	去聲 韻類	去聲 切下語字	入聲 韻類	入聲 切下語字	去聲 韻類	去聲 切下語字	入聲 韻類	入聲 切下語字	去聲 韻類	去聲 切下語字	入聲 韻類	入聲 切下語字
通攝	東冬	紅東工戎弓中融終宗多。空聰公農蒙通忠馮風充童窮蚣洪。(24)	董	動總。蠓。(3)	送宋	貢弄綜宋統。夢棟洞控諷。(10)	屋沃	谷屋祿木卜六竹逐酷沃毒。菊祝曲育郁復伏速獨叔肉目宿哭僕。(26)	東一	紅東工。(3)	董	動總。孔董摠。(5)	送一	貢弄。送。(3)	屋一	谷屋祿木卜。(5)
									東二	戎弓中融終。(5)			送二	眾仲鳳。(3)	屋二	六竹逐鳳。(4)
									冬	宗冬。(2)	湩	侗。(1)	宋	綜宋統。(3)	沃	酷沃毒。(3)
	鍾	容封恭鍾。峰顒雍邕龍逢松蚣。(12)	腫	隴勇。龍重踵甬蘴奉寵竦宂擁蓁悚。(14)	用	用。重從俸共縱。(6)	燭	燭玉欲。粟旭勗局錄束足續。(11)	鍾	容封恭鍾。(4)	腫	隴勇。拱腫。(4)	用	用。訟。(2)	燭	燭玉欲。(3)
江攝	江	江雙降。邦烬。(5)	講	講項。蚌。(3)	絳	絳巷。(降)。(3)	覺	角岳。朔嶽學捉卓撲渥渥璞。(11)	江	江雙降。(3)	講	講項。(2)	絳	絳巷。(2)	覺	角岳。(2)
止攝	支脂之微（開口）	离支宜奇知移希茲脂夷肌尼私峇悲眉其之而。幾觜跬彌台卑持甾遲伊離欹幾機祈思欷機祈資茨枝斯皮機飢。(43)	紙旨止尾（開口）	綺倚彼爾氏紙此俾止己里史几䧹鄙美弭屣。耳起以子矣迤侈婢指比㔾是妓夥似巳紀紫（洧）。(37)	寘至志未（開口）	賜跂義寄智記吏寘（志）至器四二媚備既利。嗜气棄致稚廁肄庇示次恋翅避罼刺寘意芰字寺笥伺餌。(41)			支一	离支宜奇知移。䍖。(7)	紙一	綺倚彼爾氏紙此俾弭。尒冡。(11)	寘一	賜跂義寄智。(5)		
									脂一	脂夷冗尼私悲眉。(8)	旨一	几雉鄙美。履視矢姊。(8)	至一	冀至器利四二媚備志。祕。(10)		
									之	其之而茲。詞。(5)	止	止己里史。擬士布。(7)	志	記吏（志）。置。(4)		
									微一	希。依衣。(3)	尾一	豈。辰。(2)	未一	既。(1)		
遇攝	支脂微（合口）	爲規隨垂危非歸韋追。雖逵推惟葵唯誰麾吹飛肥龜。(22)	紙旨尾（合口）	委（累）鬼尾癸誄水。篝毀卉斐朏。(12)	寘至未（合口）	位季遂類醉胃貴未瑞愧。誖翠味尉愊。(15)			支二	爲規隨垂危。陸。(6)	紙二	委累。詭捶。(4)	寘二	瑞。僞睡恚。(4)		
									脂二	追佳。遺。(3)	旨二	（洧累）癸水誄。宄。(6)	至二	位季遂類醉愧。帥悸萃。(9)		
									微二	非歸韋。(3)	尾二	鬼尾。偉匪。(4)	未二	胃貴未。沸。(4)		

攝	(平・左)	(上・左)	(去・左)	(平・右)	(上・右)	(去・右)
遇攝	魚　居諸魚余。渠疏沮徐虛除廬如於。(13)	語　呂許巨舉阻。女語暑汝與序處注佇所。(15)	御　御據慮庶恕助。絮邃去著箸詛。(12)	魚　居諸魚余。蒩。(5)	語　呂許巨舉阻。渚杵。(7)	御　御據慮庶恕助（預）。倨茹距署。(11)
	虞　俱朱于須吁雛無夫。訏殳孚迂輸虞扶殊虡珠紆區。(20)	麌　主矩羽庾與武雨甫。父禹撫柱取詡。(14)	遇　遇戍具（預）。豫孺務富赴仆裕聚煦芋駐娶趣洳住喻。(20)	虞　俱朱于須吁雛無夫。株俞隅。(11)	麌　主矩羽庾與武雨甫。(8)	遇　遇〔戍〕具。句。(4)
蟹攝	模　乎孤吾胡都。沽模鳥呼吳徒逋。(12)	姥　古戶補。五覩伍杵午魯土普。(11)	暮　故。渡度兔妒路怖庫步汙布怒忤互素祚。(16)	模　乎孤吾胡都。姑。(6)	莽　古戶補。杜。(4)	暮　故。誤暮固。(4)
	齊　兮低奚雞齊攜圭。唬奎迷西霓倪泥縈。(15)	薺　啓禮米。洗櫬體。(6)	霽　詣計細惠桂。戾閉翳弟第替契帝。(13)	齊一　兮低奚雞齊。稽。(6)／齊二　攜圭。眭。(3)	薺　啓禮米。(3)	霽一　詣計細。繼。(4)／霽二　惠桂。(2)
			祭　芮歲衛稅制例祭。滯袂曳世。(11)			祭一　制例祭。劌(4)／祭二　芮歲衛稅。銳。(5)
			泰　蓋艾帶大外會最。兌檜役柰蔡賴。(13)			泰一　蓋艾帶大。太旆貝。(7)／泰二　外會最。(3)
	佳皆　佳膎皆諧乖。齋埋淮排揩柴崖崔釵媧蛙牌。(17)	蟹駭　解買駭楷。〔戒〕蟹。(6)	卦怪夬　隘賣介拜怪壞夬。〔戒〕差瘵械敗快。(13)	佳一　佳膎。(2)／佳二　媧盉。(2)／皆一　皆諧。(2)／皆二　乖。懷。(2)	蟹　解買。(2)／駭　駭楷。(2)	卦一　隘賣。懈。(3)／卦二　卦。(1)／怪一　介拜。界。(3)／怪二　怪壞。(2)／夬一　芥喝。(2)／夬二　夬。邁話。(3)
	灰　恢灰回。堆瓌梅魁枚雷隈杯崔推摧催迴。(16)	賄　賄罪猥。每浼貝碨灌餒。(9)	隊　妹對隊內佩。配退塊悔。(9)	灰　恢灰回。桮。(4)	賄　賄罪猥。(3)	隊　妹對隊內佩。背。(6)
	開　開來才。猜孩垓該臺哈。(9)	海　采亥乃。海在持殆。(7)	代　代愛耐。再載菜戴。(7)	哈　開來才。哀。(5)	海　采亥乃。改宰。(5)	代　代愛耐。溉。(4)
			廢　廢。吠喙乂穢。(5)			廢　廢。肺藏。(3)

攝	平韻	平	上韻	上	去韻	去	入韻	入	平韻(分)	平	上韻(分)	上	去韻(分)	去	入韻(分)	入
臻攝	眞諄臻欣	眞諄人因賓倫勻遵斤欣巾。輪辰陳巡困民神親均寅貧邪申忻殷詵臻莘。(29)	軫準隱	忍引軫謹準尹隱。矧閔允牝隕泯。(13)	震稕焮	刃晉振吝僅近。胤印鎮襯殯刅儐遴震信進慎徇。(19)	質術櫛迄	悉質吉一栗日七必乙筆密律出瑟櫛。畢聿匹逸疾詰室黜弼帥尤述橘迄訖。(30)	眞一	眞鄰人因賓。珍。(6)	軫	忍引軫盡。(4)	震	刃晉振吝僅。(5)	質一	悉質吉一栗日七必。(8)
									眞二	巾。銀。(2)			稕	(順閏峻)。(3)	質二	〔乙〕筆密蜜。(4)
									諄	倫勻遵(屯)。春筍純。(7)	準	準尹殞。(3)	焮	(順閏峻)。(3)	術	律出〔戌〕。(3)
															櫛	瑟櫛。(2)
									殷	斤欣。(2)	隱	謹隱。(2)	靳	(靳)近。(2)	迄	〔乙〕訖。(2)
	文	云分文。群勳君。(6)	吻	粉忿吻。蘊憤。(5)	問	問運(靳)(順閏峻)。郡醞訓。(9)	物	勿弗。拂沸屈欻沕。(7)	文	云分文。(3)	吻	粉忿吻。(3)	問	問運。	物	勿弗。佛。(3)
臻攝	魂	魂昆渾奔(屯)。論孫門存盆昏敦坤。(13)	混	本衮損。忖。(4)	慁	困鈍悶寸。頓巽溷。(7)	沒	沒骨忽勃。(4)／兀突咄卒嗢訥猝。(11)	魂	魂昆渾奔尊。(5)	混	本衮損。刊。(4)	慁	困鈍悶寸。(4)	沒	沒骨忽勃。(4)
	痕	痕恩根。(3)	很	很懇。(2)	恨	艮恨。(2)			痕	痕恩根。(3)			恨	艮恨。(2)		
山攝	元韻	言軒元袁。喧翻。(6)	阮韻	遠阮晚。宛反。(5)	願(開口)	建憲獻健。(4)	月(開口)	歇謁。(2)	元一	言軒。(2)	阮一	憶。(1)	願一	建。(1)	月一	歇謁。竭。(3)
					願(合口)	願怨萬販。夯勸飯。(7)	月(合口)	月伐厥發。越蹶。	元二	元袁。煩。(3)	阮二	遠阮晚。苑。(4)	願二	願怨萬販。縶。(5)	月二	月伐厥發。日。(5)
	寒桓	寒官干丸安桓。看丹寬歡端餐闌闌團酸攢鑾剜湍。(20)	旱緩	旱但管短。緩椀瀚坦滿罕侃斷伴腕纂算款暖浣卵。(20)	翰換	案榦旰亂貫玩換(旦)。汗翰灌悍半夯粲炭散漢判喚渙煥漫腕。(25)	曷末	括活末撥葛割。斡搯枮授撮奪遏渴剌曷獺蝎捋。(19)	寒	寒安干。(3)	旱	旱(且)杆杅。(4)	翰	案榦旰。(3)	曷	葛割達。(3)
									桓	丸官桓。耑紈潘。(6)	緩	管短。(2)	換	貫玩換亂。段緩。(6)	末	括活末撥。(4)
	刪	班還關。刪攀彎。(6)	潸	潸綰。(2)	諫	晏諫患慣。慢訕澗雁。(8)	黠鎋	八拔滑轄。察戛札劼札。(9)	刪一	班。顏姦。(3)	綰	版。報。(2)	諫一	晏諫。(2)	黠一	八拔。黠。(3)
									刪二	還關。鰥頑。(4)			諫二	慣患。宦。(3)	黠二	滑。(1)
	山	〔開〕閑。艱山。(4)	產	簡限。產盞眼。(5)	襇	莧。幻襇辦。(4)			山	〔開〕閑。(2)	產	簡限。(2)	襇	〔開〕寬。(2)	鎋一	轄。(2)
															鎋二	(刮)。(1)

攝	韻系	平	上	去	入								
	先仙	前堅田賢虔然延焉玄涓連沿專員緣。乾烟全綿篇仙偭千佽箋先咽牷川旋鉛宣年妍蓮眠蟬。(37)	珍畎泫免輦展衍善袞(卷)典。遣頓闡編雋顯撚輾選篆勉犬件剗銑峴緬。(30)	(轉)縣面甸見練薦羨戰變睍絹眷掾戀線箭。(29)	結屑穴決列薛熱說悅雪輟劣絕(刮)。舌哲切鐵截屑擷缺設孑挈節血迭噎別拙滅。(32)	先一 前堅田賢。季顓。(6)｜先二 玄涓。(2)｜僊 虔然延焉連。(5)｜宣 沿專員緣。權緜。(6)		銑一 殄典。(2)｜銑二 畎泫。(2)｜獮一 輦展衍善免。淺演蹇洗辨。(10)｜獮二 (轉)衰。(2)		霰一 甸見練薦。佃眄。(6)｜霰二 縣。絢。(2)｜線一 羨戰變睍絹眷掾戀線面。膳。(8)｜線二 絹眷掾戀(卷倦)。(6)		屑一 結屑。蔑。(3)｜屑二 穴決。(2)｜薛一 列薛熱。栔。(4)｜薛二 悅雪輟劣說絕。(6)	
效攝	蕭	堯么聊遼彫蕭。挑蕭梟凋僚。(11)	皎了鳥。杳曉皛。(6)	叫弔料。糶掉。(5)		蕭 堯么聊遼彫蕭。(6)		篠 皎了鳥。(3)		嘯 叫弔料。(4)			
	宵	喬宵招超囂搖消。昭祅焦妖遙朝鉼姚潮嬌。(17)	兆沼夭小表少。紹眇矯杪。(10)	照召妙肖醮要。(6)		宵 喬宵招超囂搖消。驕橋邀標儦。(12)		小 兆沼夭小表〔少〕撟。(7)		笑 照召妙〔少〕笑詔。(6)			
	肴	交茅肴。包梢巢拋抄嘲咬。(10)	巧狡飽。卯爪拗。(6)	教孝效。豹罩。(5)		肴 文茅肴。(3)		巧 巧狡飽。(3)		效 教孝效。(4)			
	豪	刀毛勞牢曹袍。高豪桃叨。(10)	皓浩老艸抱保。討好考道早。(11)	報到。號耗操奧誥告。(8)		豪 刀毛勞牢曹袍。遭褒。(8)		晧 皓浩老艸抱保。昊。(7)		號 報到。蹈。(3)			
果攝	歌戈	何哥俄戈禾。佗挼和科羅阿顏多歌他陀訛靴。(18)	可我果火朵。禍埵顆墮跛坐娜妥。(13)	簡賀佐臥貨過。播破左。		歌 何哥俄。(3)｜戈 戈禾。波。(3)		哿 可我。(2)｜果 果火朵。(3)		箇 簡賀佐。(3)｜過 臥貨過。(3)			
假攝	麻	車奢遮嗟牙加巴瓜華。茶梛。(11)	者也瓦寡下雅鮓。且賈假夏寫把。(13)	駕訝夜化。舍咤卸霸乍罵亞稼迓誇。(14)		麻一 牙加巴。遐。(4)｜麻二 車奢遮嗟邪。(5)｜麻三 瓜華。(2)		馬一 下雅鮓。(3)｜馬二 者也冶。(3)｜馬三 瓦寡。(2)		禡一 駕訝。(2)｜禡二 夜借。(2)｜禡三 化。(1)			
宕攝	陽唐	羊良張童莊方王光郎當(將)。長置昌匡商祥陽香育荒皇翔康霊常忘泱央強湯卬茫藏。(36)	兩掌廣晃往黨。向敞障仗丈爽罔賞想仰纏養像象獎莽沆。(23)	(訪朗)亮放況浪宕曠。唱尚上快誑安狀旺盎亢餉。(20)	略勺約虐若藥雀縛各洛郭。鐸莫薄鄂落作託霍廓惡博泊邏腳謔削灼卻釀懾絡。(33)	陽一 羊良張章莊。(5)｜陽二 方王。網。(3)｜唐一 郎當。岡。(3)｜唐二 光。黃。(2)		養一 兩掌。蔣。(3)｜養二 往(訪)。(3)｜蕩一 (朗)黨。(2)｜蕩二 廣晃。(2)		漾一 亮(將)讓諒漾。(5)｜漾二 放況望。(3)｜宕一 浪宕。(2)｜宕二 曠。(1)		藥一 略勺約虐若藥雀。(7)｜藥二 縛鬘。(2)｜鐸一 各洛。(2)｜鐸二 郭。(1)	

攝								
梗攝	庚二耕：庚〔更〕行耕宏橫羹駡亨享彭萌鴛生鏗。(15)	梗二耿：杏猛耿冷。(4)	映二諍：靜迸〔更〕。(3)	陌二麥：百庑陌客白格革獲伯迮索隔責額册麥。(16)	庚一 庚〔更〕行盲。(4)；庚三 橫。(1)；耕一 莖。(2)；耕二 宏薆。(2)	梗一 杏猛打梗。(4)；耿 耿●(2)	敬一 〔更〕孟。(2)；諍 靜迸。(2)	陌一 百格陌客白。(5)；陌三 虢。(1)；麥一 革庑覈厄。(4)；麥二 獲劃。(2)
	庚三：京卿明兵平英迎。(7)	梗三：永省丙皿。(4)	映三：慶敬竟病命柄竸。(7)		庚二 京卿明兵。(4)	梗二 影景。(2)；梗四 永。(1)	敬二 慶敬竟病命。(5)	陌二 〔虩逆〕隙屐。(4)
	清青：成征貞情形經零丁營傾。冥睥拜靈廷亭泓爭聽根名呈嬰清青星〔寧〕。(15)	靜迴：郢頃頂迥挺脛鼎茗靜逞井請屏穎領。(15)	勁徑：正定徑。性姓令聘併〔寧〕。(9)	昔錫：昔亦益辟激狄歷擊石〔隻〕的逆躄錫尺赤夕易溺覓摘宅赫寂射僻壁役。(28)	清一 成征貞情盈輕井。(7)；清二 營傾。(2)；青一 形經零丁。(4)；青二 熒局。(2)	静一 整井頸。(4)；静二 頃穎。(2)；迥一 頂珽。(2)；迥二 迥炯。(2)	勁一 正鄭盛。(3)；徑一 定徑佞。(3)	昔一 昔亦益隻石辟彳迹。(8)；錫一 激狄歷擊。(4)；錫二 臭闃。(2)
曾攝	蒸：凌膺仍陵冰。澄承丞興稱。(10)		證：證應孕甑。(4)	職：職力直弋〔北戠逆國〕〔雙〕即逼。翼陟碧式副億憶抑或北仄側測昃食色。(27)	蒸 凌膺仍陵冰。烝麥乘。(8)		證 證應孕甑。(4)	職 職力直弋即逼。棘。(7)
	登：登滕崩弘。增稜能朋。(8)	等：等肯。(2)	嶝：鄧。贈亙懵。(4)	德：德則得墨。忒勒黑特剋。(9)	登一 登滕崩。恒勝曾。(6)；登二 弘肱。(2)	等 等肯。(2)	嶝 鄧。亙隥。(3)	德一 德則得墨〔北〕。(5)；德二 〔國〕惑。(2)
流攝	尤：尤求流由周秋留浮〔矛侯鉤〕。仇酬搜收句丘溝齅輈舟抽脩羞邱牛。(27)	有：九久酉友柳。酒臼紂首有肘丑缶負紐帚受。(17)	宥：救究又就僦。宥岫狩舊狖秀溜。(12)		尤 尤求流由周秋留浮柔。鳩州牟。(12)	有 九久酉友柳。(5)	宥 救究又就僦。右祝副。(8)	
	侯：婁頭兜。(3)	厚：口垢斗。吼厚某偶走。(8)	候：候遘豆奏。透詬漚鬥漏湊。(10)		侯 〔矛侯鉤〕婁。(4)	厚 口垢斗。后苟。(5)	候 候遘豆奏。戊寇。(6)	
	幽：幽彪。蚪。(3)	勂：糾。勂。(2)	幼：幼謬。(2)		幽 幽彪〔謬〕。蚪。(5)	勂 糾。怮。(2)	幼 幼〔謬〕。(2)	

攝	韻	今箋音尋林任。	錦朕甚茬。	禁蔭鴆。	入立急汲執及。	韻	今箋音尋林任。	錦朕甚茬。	禁蔭鴆。	入立急汲執及。
深攝	侵	侵欽吟禽心〔沉〕斟琴參金。(16)	〔賃沉〕袵。(7)	任沁浸心〔賃〕。(7)	揖習十集溼邑泣戢吸。(15)	侵	深壬簪岑。(10)	飲稔枕。(7)	譖。(4)	汁。(7)
咸攝	覃談	含南甘三。諳堪談覃貪籃藍擔。(12)	感慘敢淡。撼坎噆穇葵澹蹔槧。(12)	暗紺濫闞。闇淦勘。(7)	合閤沓荅盍臘。鎝蹋匝榼雜。(11)	覃	含南。參。(3)	感慘。(2)	暗紺。(2)	合閤沓荅。(4)
						談	甘三。(2)	敢淡。(2)	濫闞。瞰。(3)	盍臘。(2)
	鹽沾	廉淹占炎兼。添猒閻嫌潛苦鹽。(12)	冉琰燄。檢儉儼貶染斂漸奄閃點。(13)	豔弉。念店。驗空塹。(5)	輒涉葉攝帖接。爗儼曄俠箑讘捷畾摺挾厭。(17)	鹽	廉淹〔占〕炎玷。(5)	冉琰。(2)	〔占〕。豔贍猒。(4)	輒涉攝接。(5)
						沾	兼。甜沾。(3)	忝。(3)	弉。念店。(2)	帖。協頰叶。(4)
攝	咸銜嚴凡	咸監銜嚴凡〔覃〕。喊黤乡嚴芡品醶芟緘。(14)	謙檻范。減獮湛范檻斬犯。黯。(8)	陷鑑梵。(劍欠)梵。蘸攕。(5)	洽狎業乏。夾洽法乏怯劫甲業。呷脅挾狹。(12)	咸	咸。鹹。(2)	湛。減斬湛。(3)	陷。陷賺。(2)	洽。夾洽。(2)
						銜	衘。監銜。(2)	檻。檻獮。(2)	鑑。鑑懺。(2)	狎。甲狎。(2)
						凡	凡。凡。(1)	范。犯范。麥。(3)	梵。梵。泛。(2)	法乏。法乏。(2)
						嚴	嚴。欠。(2)	儼。檢奄險儉。(4)	釅。(劍欠)。(2)	業。怯劫業。(3)

〔註〕　《說文繫傳》反切上、下字請參見張慧美撰《朱翺反切新考》;《說文篆韻譜》反切上、下字請參見王勝昌撰《說文篆韻譜之源流及其音系之研究》。

附錄：徐鍇「三耦論」研究

壹、前　言

　　「三耦論」是徐鍇在編註許愼《說文解字》時，對「六書」間的關聯性提出的看法。「六書」一詞最早記載於《周禮・地官・保氏》：

　　　　保氏掌諫王惡，而養國子以道。乃教之六藝：一曰五禮，二曰六樂，三曰五射，四曰五馭，五曰六書，六曰九數。〔註1〕

其中的「六書」，鄭玄詮釋爲「象形、會意、轉注、處事、假借、諧聲也。」〔註2〕林尹先生在《文字學概說》一書曾說：

　　　　六書並不是在造字之先，就有這個規律，乃是中國文字構造與運用方法的歸納。因爲中國文字的構造方法與運用方法，歸納起來，是有條理的；而其條理，絕對不能越出這六種範圍，纔有六書的名稱。所以六書在中國文字學上，可說是民意的結晶，是科學的歸納。〔註3〕

而「三耦論」正是徐鍇將六書條理化的方式。他在《說文解字通釋》「上」字注：

　　　　大凡六書之中，象形、指事相類，象形實而指事虛；形聲、會意相類，形聲實而會意虛；轉注則形事之別，然立字之始類於形聲，而訓釋之義與假借爲對。假借則一字數用，如行（莖）、行（杏）、行（杭）、行（沆）；轉注則一義數文借，如老者直訓老耳，分注則爲耆、爲耋、爲耄、爲壽焉，

〔註1〕　請參見鄭玄注《十三經注疏・周禮》卷十四第 212 頁，1993 年 9 月第十二刷，藝文印書館。

〔註2〕　請參見鄭玄注《十三經注疏・周禮》卷十四第 213 頁，1993 年 9 月第十二刷，藝文印書館。

〔註3〕　請參見林尹編著《文字學概說》第 56 頁，1987 年 12 月臺初版第十三刷，正中書局。

凡六書爲三耦也。〔註4〕

徐鍇將六書分爲三類，指事與象形、會意與形聲都是虛實相對，各成一耦；而轉注與假借則因訓釋之義相對而爲一耦。有關這樣的論點，後代研究《說文》的學者，對六書是否相對、如何配對，以及徐鍇的虛實之分，卻有一些不同的意見。因此徐鍇對六書的看法究竟爲何？其虛實如何判定？其分耦的理由爲何？其分耦又有何意義？這些都是本文想要探究的課題。

貳、有關「三耦論」之異說

前人提到六書三耦說法的，主要有蔡金臺〈六書三耦說〉、龍學泰〈六書三耦說〉、林尹先生〈六書的內容與本質〉以及胡樸安先生在《文字學入門》中提到的六書虛實說等。蔡金臺在〈六書三耦說〉一文中認爲六書三耦全由虛實來分，且象形與形聲爲一耦，指事與會意爲一耦，轉注和假借爲一耦：

> 《說文》九千餘字，以六統之，則曰象形、指事、形聲、會意、轉注、假借，以兩言蔽之，則曰虛、曰實。故虛實兩字又可以搰九千文之恉，而統乎六書。由是而繹之六書，遂以類而合，小徐三耦之說誠有見乎此矣。……則知楚金所謂虛實者實有未塙，而益知象形實與形聲爲一耦，指事實與會意爲一耦矣。若假借與轉注一以省母注子，一以全母代子，相代則猶托於虛，相注則已徵諸實，虛實分則一則一字數用，一則一義數文，則有對舉之象，楚金耦之誠是矣。〔註5〕

而江聲於〈六書說〉一文中提出：

> 蓋六書之中，象形、會意、諧聲三者是其正，指事、轉注、假借三者是其貳，指事統于形，轉注統于意，假借統于聲。〔註6〕

以形、聲、意三者來統合六書，李孝定先生稱之爲三耦說的修正。〔註7〕又如胡樸安先生在《文字學入門》中說：

> 六書又可分爲虛實，象形實，指事虛；因物有實形，事沒有實形。會意實，形聲虛；因會意會合兩文三文，便成了意義；而形聲卻沒有意義可

〔註4〕 請參見徐鍇《說文解字通釋》第9～10頁，1968年6月再版，文海出版社。

〔註5〕 請參見丁福保《說文解字詁林正補合編》第一冊第560～561頁，1983年4月二版，鼎文書局。

〔註6〕 請參見丁福保《說文解字詁林正補合編》第一冊第546頁，1983年4月二版，鼎文書局。

〔註7〕 請參見李孝定《漢字的起源與演變論叢》第8頁，1992年7月第二次印行，聯經出版社。

　　以體會。轉注實，假借虛；轉注各有專意，有獨立的字義，而假借卻要有
　　上下文作根據，不能指出一個單獨的文字，斷牠是不是假借。〔註8〕
徐鍇和蔡臺金都認爲形聲爲實、會意爲虛，而胡樸安先生的看法卻正好相反。而林
尹先生在《文字學概說》第二篇第一章第二節「六書的內容與本質」中談到「四體
二用」，也將六書分爲三組：象形爲實，指事爲虛，兩者獨體爲文；會意爲形，形聲
爲聲，兩者合體爲字。以上四者均屬造字之法（體）。轉注爲繁，假借爲省，兩者屬
用字之法（用）〔註9〕。其分組與徐鍇同，但區分的原因卻仍有差異。綜合以上各
家不同的說法，六書「三耦」可列表如下：

三耦	徐　鍇	蔡金臺	江　聲	林　尹	胡樸安
一	象形（實） 指事（虛）	象形（實） 形聲（虛）	象形 指事（形）	象形（實） 指事（虛）	象形（實） 指事（虛）
二	形聲（實） 會意（虛）	指事（實） 會意（虛）	會意 轉注（意）	形聲（形） 會意（聲）	會意（實） 形聲（虛）
三	轉注（實：一義數文） 假借（虛一字數用）	假借（實：省母注子） 轉注（虛：全母代子）	形聲 假借（聲）	轉注（繁） 假借（省）	轉注（實） 假借（虛）

　　從上表可見徐鍇的「三耦論」和其他學者較大的差異，在於對「耦」的詮釋，
以及虛實的認定。因此下文將探討「耦」字的定義，並將徐鍇註文中較明確標示六
書的字加以分析，試著從中找到徐鍇「三耦論」的內涵，以釐清其虛實的眞義。

參、「耦」字定義之探討

　　關於「耦」字的意義，在《說文解字通釋》卷第八的「耦」字下云：「耒廣五寸
爲伐，二伐爲耦，從耒禺聲。臣鍇曰：古二人共一耒，故曰：『長沮桀溺耦而耕』。」
〔註10〕而段注：「『長沮桀溺耦而耕』此兩人併發之證。引申爲凡人耦之稱，俗借偶。」
兩者併發則爲「耦」，因此徐鍇在《說文解字通釋》「上」字下說：

　　　　凡指事、象形義一也，物之實形有可象者則爲象形，山川之類皆是物
　　也。指事者，謂物事之虛　不可圖畫，謂之指事。形則有形可象，事則有
　　事可指，故上下之義無形可象，故以⊥丅指事之，有事可指也。故曰：象

〔註8〕　請參見胡樸安《文字學研究》第 57 頁，1978 年 7 月初版，信誼書局。
〔註9〕　請參見林尹編著《文字學概說》第 58 頁六書簡表，1987 年 12 月臺初版第十三刷，
　　　　正中書局。
〔註10〕　請參見徐鍇《說文解字通釋》第 98 頁「耦」字，1968 年 6 月再版，文海出版社。

形、指事大同而小異。〔註11〕

事物中有具體實形可以描繪的是象形，雖無形體但有事可指稱的為指事，兩者「大同而小異」，因此徐鍇將兩者歸類為一耦。至於何為「大同」？何為「小異」？這正是本文下一節所要討論的問題。徐鍇又說：

> 會意亦虛也，無形可象，故會合其意，以字言之。止戈為武，止戈，戢兵也，人言必信。故曰「比類合義，以見指撝。」形聲者實也，形體不相遠，不可以別，故以聲配之為分異，若江河同水也，松柏同木也。〔註12〕

會意沒有具體形象可以描繪，所以會合兩個文的意義成為一個字。形聲雖有具體形象可以描繪，但類似的形象太多，於是另加聲符來區分。兩者都是合兩文成一字的，因此又可歸為一耦。最後一耦是轉注和假借，徐鍇認為它們成耦的原因在於「訓釋之義」：

> 轉注則形事之別，然立字之始類於形聲，而訓釋之義與假借為對。假借則一字數用，如行（莖）、行（杏）、行（杭）、行（沆）；轉注則一義數文借，如老者直訓老耳，分注則為耆、為臺、為耄、為壽焉，凡六書為三耦也。〔註13〕

徐鍇對「耦」的看法，當然也有學者是不認同的。像蔡金臺在〈六書三耦說〉一文中就說：

> 耦之為義，《說文》云：「二伐為耦。引伸為凡人耦之偁。」如《左傳》所謂「人各有耦」《莊子》所謂「似喪其耦」，以及嘉耦、怨耦、耦耕、耦語之類，皆取其相匹相並，而不得以異類參。如交友然應必同聲，求必同氣，稍有差池，則不能強合之矣。若六書者，象形實與形聲類，而與指事別。指事實與會意類，而與形聲別，固不得強不類以為類，而從而耦之也。何言乎象形與形聲類也？蓋形聲之字，以聲為主，而不離乎形，則於象形有相因之勢，即有對待之形；若於指事，則一為事、一為物，分界既顯，合併斯難，雖虛實有辨，而不得以為一耦也明矣。何言乎指事與會意類也？夫指事與會意，段氏固以獨體兩文分之矣，然指事實不盡以獨體分也。如木部加一於上為末，加一於下為本之類，皆以兩文為之，而不害為指事。雖與會意之合止戈為一字者不能涵，而其用實相仿，故後儒多誤殽合之，以其相類也。若於形聲則聲自聲、意自意，不相因也，不相及也，斯不相

〔註11〕 請參見徐鍇《說文解字通釋》第10頁，1968年6月再版，文海出版社。
〔註12〕 請參見徐鍇《說文解字通釋》第10頁，1968年6月再版，文海出版社。
〔註13〕 請參見徐鍇《說文解字通釋》第10頁，1968年6月再版，文海出版社。

類也。夫不相類，則難爲耦矣。〔註14〕

而龍學泰在（六書三耦說）一文中也說：

> 蓋耦者，對待也。有對待即有流行。行不可象，屬諸事；事不可指，
> 屬諸意；意不可會，屬諸聲；諧聲別出爲轉注，五不足而假借生焉。此對
> 待之兼流行也。……然制字之本，六書自六耳。分之無可分，合之無可合，
> 何必約爲三？又何一而無耦哉？況象形、指事、轉注、假借皆兼聲義，還
> 相爲質，此六書之妙也。分爲三耦，則舉此而遺彼矣。〔註15〕

蔡金臺對六書「耦」的看法基本上與江聲相同，六書分爲形、意、聲三類。只是他們對指事形聲轉注的屬性認定不同，因此歸類也不同。然而，徐鍇所言的「三耦」是否誠如蔡金臺所說的「難爲耦」呢？或者如龍學泰所說的「舉此而遺彼」呢？以下便就徐鍇六書的內容加以分析，以探究其合耦的原因與意義。

肆、徐鍇六書「三耦」之分析與研究

在《說文解字通釋》中，徐鍇較明確註六書的字共有 670 個。其中標明象形的有 39 個；標明指事的有 68 個；標明會意的最多，高達 426 個；標明爲形聲的只有 1 個；標明爲假借的有 136 個，其中標明象形當假借的有 3 個，而會意當假借的則有 5 個。至於轉注，徐鍇則完全沒有標註。

一、象形與指事的比較

徐鍇在《說文解字通釋》「上」字下說：「凡六書之義起於象形，則日、月之屬是也。」〔註16〕此外又在《說文解字・疑義》卷第三十九中補充說：

> 古者文字少而民務寡，是以古字多象形、假借。後代事繁，字轉滋益
> 形聲，實象則不能紀遠故也。始於八卦，瞻天擬地，日盈月虧，山拔水曲，
> 金散土重，木挺而上，草聚而下，皆象形也。〔註17〕

則徐鍇對於象形的看法究竟爲何？經採樣徐鍇標註爲「直象形」、「象形」、「象某形」、「象某也」等較明確的象形字 39 個，從其對象形的一些詮釋中，可瞭解他對象形的一些看法：

（一）象形主形，必有實體可象，如無實體可象，則易相亂。

〔註14〕 請參見丁福保《說文解字詁林正補合編》第一冊第 560～561 頁，1983 年 4 月二版，鼎文書局。

〔註15〕 請參見丁福保《說文解字詁林正補合編》第一冊第 561～562 頁，1983 年 4 月二版，鼎文書局。

〔註16〕 請參見徐鍇《說文解字通釋》第 9～10 頁，1968 年 6 月再版，文海出版社。

〔註17〕 請參見徐鍇《說文解字通釋》，第 371 頁，1968 年 6 月再版，文海出版社。

徐鍇在古文「厷」字下說：「此既象形，宜學人曲肱而寫之，乃得其實，不爾，即多相亂也。」又在「肉」字下說：「肉無可取象，故象其爲胾。」胾爲「切肉之大者」，爲具體的形狀，因此便符合他所說的「物之實形有可象者則爲象形」的條件。

（二）象形不涉及音義，純依物之實體描繪爲主。

徐鍇在〈袪妄〉篇的「主」字下說：「陽冰云：『凵象膏澤之氣，土象土木爲臺，氣主火之義，會意。』臣鍇以爲鐙火之臺不得言土膏澤下流，亦不上出，象形非會意。」而在「开」字下也說：「开但象物平也，無音義。」而在「畢」字下對許愼「或曰田聲」，徐鍇也說明「有柄网所以掩兔，……亦象形字。」「田」象网狀而非聲。又如「幏」字許愼說：「蓋衣也，從巾冡聲也。」以現今判斷應爲形聲字，但徐鍇卻認爲它是象形，因爲它是直接照「古有罪著黑幏」的具體模樣描繪的。

（三）有些字形體雖與他字相涉，但不具他字的意義。

在「芻」字下徐鍇說：「此雖從艸，蓋是象形字。」因爲此字是描繪包束艸的具體形象。此外在「登」字下，徐鍇也爲「登」下的「豆」字加以說明：「豆非俎豆字，象形耳。」亦即此「豆」爲上車時腳踏墊的形狀，非一般食器的「豆」。

至於指事，徐鍇在論「三耦」時曾說它與象形是「大同小異」，根據對徐鍇標註「指事」的 68 個字的分析，可見其特點如下：

（一）指事和象形相同，也是描繪形體，無聲音關係。

在「朵」字下徐鍇說：「今謂花爲一朵亦取其下垂也，此下從木，其上几但象其垂形，無聲，非全象形字也，權而言之則指事也。」

（二）指事字雖與象形同爲描繪形體，但其重點不在於形體本身，而在於指示明確的位置。

在「眉」字下許愼說：「目上毛也，從目象眉之形，上象頟理也。」徐鍇說：「夊象頟理也，指事。」這個字主要標示出眉毛的明確位置，因此雖然目、眉型、頟理都是具體可見的，但這個字是指事而非象形。又如「牽」字，雖然許愼說：「引前也。從牛象引牛之縻也，玄聲。」但此字表現出拉物往前，有前後相對位置的意思，因此徐鍇便將它歸類在指事。

（三）一字中有象徵性的畫記，而非全然描繪具體形象的，應歸類於指事而非象形。

在「朿」字下許愼說：「兩刃舌也，從木丷象形。宋魏曰：『茉也。』」徐鍇則認爲「兩刃形不成字，此字難以象形，又近於指事。」又如「刃」字，徐鍇於〈袪妄〉篇中說：「刃在刀前即是象形，縱使以一示其處，即爲指事，非會意也。」

（四）指事除表達出具體形象的明確位置外，它還能表達出抽象的方向及上下

等空間位置。

在「尒」字下徐鍇說：「凡今試言爾，則敷上脣收下脣，气向下而分散也。指事。」又如「反」字，徐鍇說：「又，反手也，厂象物之反覆。此指事。」則表達兩手上下的位置。正如徐鍇在《說文解字‧疑義》卷第三十九中所說：

> 無形可載，有勢可見，則為指事。上下之別起於互對，有下而上，上名所以立；有上而下，下名所以生，無定物也。故立一而上下引之，以見指歸，故曰指事。〔註18〕

綜合以上的分析，象形與指事的異同可用下表來做一比較：

	象　形	指　事
同	用可見的形象來造字。	字體不具聲音關係。
異	必有實體之物，有形可載。	可用表徵之物，但有勢可見。
	純粹描摹物體的形。	藉由物的相對位置來表達抽象的空間概念。
	實	虛

二、形聲與會意的比較

徐鍇在《說文解字‧疑義》卷第三十九中談形聲：

> 無形可象，無勢可指，無意可會，故作形聲。江、河四瀆，名以地分；華岱五岳，號隨境異。逶迤峻極，其狀本同，故立體於側，各以聲韻別之。六出之中最為淺末，故後代滋益多附焉。〔註19〕

而他在《說文解字通釋》「上」字下也說：

> 形聲者以形配聲，班固謂之象聲；鄭玄注《周禮》謂之諧聲。象則形也，諧聲言以形諧和其聲，其實一也。江河是也。水其象也，工、可其聲也，若空字、雞字等形，或在上、或在下、或在左右，亦或有微旨，亦多從配合之宜，非盡有義也。〔註20〕

在徐鍇的看法中，形聲的聲符部分並不具影響字義的意義。而且形聲字必有一具體的形符，也不可能單用兩個聲符合為一字。所以他在〈袪妄〉篇的「弎」字下說：

> 《周禮》六書無形象者莫過「聲」字，則取法於耳。又「尒」字則取象氣散，皆有以象之。不爾則會意亦虛象也。今言矢引為弎，在左右皆音，六書所未聞，六書之中欲附何處？若有全以音為字，則是七書，不得言六

〔註18〕 請參見徐鍇《說文解字通釋》第 371 頁，1968 年 6 月再版，文海出版社。
〔註19〕 請參見徐鍇《說文解字通釋》第 371 頁，1968 年 6 月再版，文海出版社。
〔註20〕 請參見徐鍇《說文解字通釋》第 9～10 頁，1968 年 6 月再版，文海出版社。

書。〔註21〕

或許因爲形聲字的辨識較易，因此徐鍇標示形聲字的只有 1 個字，在「竊」字下徐鍇說：「《春秋左傳》曰：『在外爲姦；在內爲宄。』宄從宀，竊從穴彌小。所謂『鼠竊狗盜』也。此形聲字。」亦即「竊」字的意在形符的「穴」。

至於會意的部分，徐鍇在《說文解字‧疑義》中說：

> 會意者，人事也。無形無勢，取義垂訓，故作會意。載戢干戈、殺以止殺，故止戈則爲武；君子先行其言而後從之，去食存信，故人言必信。
> 〔註22〕

在 426 個標註會意的字中，有 34 個許愼說解爲形聲，而徐鍇認爲是會意。例如：「置」字許愼說：「赦也。從网直聲。」徐鍇註：「從直與罷同意，非聲，亦會意。置之則去之也。」又如「貫」字許愼說：「錢貝之貫，從毌貝聲。」徐鍇註：「毌貝，會意。」會意的兩形符都是具有意義的，必須會合兩形符的意義，才能闡述字義。另外，在這些會意字中也有 37 個「亦聲」的字，徐鍇於「吏」字下說：「凡言亦聲，備言之耳，不主於聲。會意。」所有的「亦聲」的形符依然具有合意的功能，只是兼取它的聲。

綜合以上所言，形聲與會意的異同可用下表來做一比較：

	形　聲	會　意
同	字義都在形符的部分，形符兼意。	
異	由形符和聲符組成。	由兩個以上的形符組成
	聲符不兼義。	形符可兼聲。
	主形爲義	合意爲義
	實	虛

三、轉注與假借

轉注的情形，由於在《說文解字通釋》中並無標示爲「轉注」的字，因此無法歸納分析。但徐鍇在「上」字下說：

> 「轉注者，建類一首，同意相受。」謂老之別名有耆、有耋、有壽、有耄，又孝子養老是也。一首謂此孝等諸字，皆取類於老，則皆從老。若松、柏等皆木之別名，皆同受意於木，故皆從木，後皆象此。轉注之言若水之出源分歧別派爲江、爲漢，各受其名而本同主於一水也；又若醫家之

〔註21〕 請參見徐鍇《說文解字通釋》第 358 頁，1968 年 6 月再版，文海出版社。
〔註22〕 請參見徐鍇《說文解字通釋》第 371 頁，1968 年 6 月再版，文海出版社。

言病症，故有鬼症，言鬼气轉相染著注也。而今俗説謂丂左回爲考，右回爲老，此乃委巷之言。且又考、老之字皆不從丂，丂音考，老從匕，音化也。……江、河可以同謂之水，水不可同謂之江、河；松、柏可以同謂之木，木不可同謂之松、柏。故曰：散言之曰形聲；總言之曰轉注。謂者、臺、耄、壽皆老也，凡五字試依《爾雅》之類言之「者、臺、耄、壽，老也。」又老、壽、臺、耄、者可同謂之老，老亦可同謂之者。往來皆通，故曰轉注，總而言之也。〔註23〕

而在《説文解字・疑義》中更進一部詮釋説：

> 屬類成字而復於偏旁訓，博喩近譬，故爲轉注。人毛匕（音化）爲老，壽、者、臺亦老，故以老注之，受意於老，轉相傳注，故謂之轉注。義近形聲而有異焉。形聲江、河不同，灘、涇各異；轉注考老實同，妙好無隔。此其分也。〔註24〕

形聲字用聲符來強調同類事物的差異性，而轉注字則強調同類事物的相同性。所以徐鍇認爲轉注字有一個特色，亦即轉注字之間屬於同類（形符相同）且同意。

至於假借的條件與轉注不同，假借最早起於「簡易」，乃一字多用途，形同而義近。正如徐鍇在《説文解字・疑義》中説：

> 五者不足則假借之，古人簡易之意也。出令（去聲）所以使令（平），或長（平）於德或長（上聲）於年皆可爲長，故因而假之。若衣（平）在體爲衣（去），巾（平）車爲巾（去）之類也，此聖人制字之大倫。〔註25〕

但後來由於口授而書於簡牘，因此形義皆異，而只有聲同的關係。所以徐鍇在《説文解字通釋》「上」字下説：

> 至春秋之後，書多口授傳受之者，未必皆得其人，至著於簡牘，則假借文字不能皆得其義相近者，故經傳之字多者乖異疎，詩借害爲曷之類是也。〔註26〕

他又進一步在《説文解字・疑義》中解釋説：

> 而中古之後，師有愚智，學有工拙。智者據義而借，令、長之類是也。淺者遠而假之，若《山海經》以俊爲舜，《列子》以進爲盡也。又有本字湮沒，假借獨行，若《春秋》莅盟本宜作隸，今則爲莅，省者是也。減媚

〔註23〕 請參見徐鍇《説文解字通釋》第9～10頁，1968年6月再版，文海出版社。
〔註24〕 請參見徐鍇《説文解字通釋》第371頁，1968年6月再版，文海出版社。
〔註25〕 請參見徐鍇《説文解字通釋》第371頁，1968年6月再版，文海出版社。
〔註26〕 請參見徐鍇《説文解字通釋》第9～10頁，1968年6月再版，文海出版社。

之字本當從女，今之媠字世所不行。從便則假借難移，論義則遺有分別。
〔註27〕

所以凡符合下列任一條件的字都可稱爲假借：

（一）一字數用，據義而借者。如：「令」有出令（去）、使令（平）；「長」有長（平）於德、長（去）於年等。

（二）形異聲近而借者。如：「果」借爲「祼」（徐鍇註：「則古祼、果聲相近也。」）、「進」借爲「盡」。

（三）本字之義湮沒而獨行假借義的。如：「帥」原爲佩巾之意，後借爲將帥字；「烏」、「焉」爲鳥名，借爲語助詞等。

在136個假借中，「聲近而借」有111個。所以假借可說因「聲」相連結的情形最多。不過假借非義借即聲借，純粹形近而誤用的非假借。徐鍇在「宓」字下說：「古書宓字多從此作，蓋訛蹐所致，非假借也。」

綜合以上所論，轉注與假借的異同可用下表來做一比較：

	轉 注	假 借
同	運用前四書，非造字之法。	
異	轉注字間意必同。	字之本義與假借義不盡同。
	轉注字間屬同類。	假借字間不必同類。
	主形義相注	主聲義相借
	一義數文借	一字數用

伍、結　論

經過上述的比較分析，可知徐鍇對六書的觀點以及虛實的判定，象形、形聲皆依字形而得義，所以爲實；指事、會意依字意而得義，所以爲虛。蔡金臺和胡樸安先生認爲形聲爲虛，與江聲以爲形聲主聲的理由相同；會意雖由形符組成，但嚴格而言應該稱這些形符爲意符，所以代表抽象的意義，不可言其爲實。指事用物的相對位置來表達抽象的空間概念，所以徐鍇認爲指事爲虛。轉注、假借方面，學者們的意見大致相同，因此徐鍇對虛實的判定並無不當。

至於徐鍇分耦的理由，龍學泰在〈六書三耦說〉一文中曾臆測說：

竊以爲「耦」之義有三：或從子母而言；或從字體言；或從制字之先後言。蓋合言之，則象形、指事，母也；會意、諧聲，子也；轉注、假借，

〔註27〕請參見徐鍇《說文解字通釋》第371頁，1968年6月再版，文海出版社。

子之子也。此則從母從子，六者之以類相耦也。分言之，則象形之有正生
母也、側生子也；指事之有正生母也、兼生子也，二母合爲會意。然同母
之母，母也；異母之母，子也。諧聲之一體主義，母也，一體主聲，子也。
轉注之立類，母也；從類，子也。假借亦有二：有義之假借，母也；無義
之假借，子也。此則六者之中，母與子又各自爲耦矣。

若以字體論之，則有事必有形，象形、指事，事與形耦也；有義必有
音，會意、諧聲，義與音耦也；或從義而長，或從音而長，轉注、假借又
以其長者爲耦也。

若以制字之先後論之，則依類象形謂之文，象形、指事其最古者也；
形聲相益謂之字，會意、諧聲其後益者也；字孳乳而寖多，轉注、假借又
其後之所多者也，此則以次序爲耦矣。〔註28〕

若以子母論，「子母相生」的說法首見於宋代鄭樵《通志·六書略》中，就時代來講，
應是鄭樵受徐鍇「三耦論」的影響而有此說。若以字體論，事與形、義與音之間的
關係似未必然。因此三說之中當以「制字之先後論」較符合徐鍇所呈現的分耦情形。

六書次第在東漢時有班固、許慎和鄭眾三家不同的說法，班固《漢書·藝文志·
六藝略·小學類·後敘》中說：「古者八歲入小學。故周官保氏掌養國子，教之六書：
謂象形、象事、象意、象聲、轉注、假借，造字之本也。」鄭玄注《周禮》，引鄭眾
的話說：「六書：象形、會意、轉注、處事、假借、諧聲也。」許慎《說文解字·敘》
中所述六書的順序是「指事、象形、形聲、會意、轉注、假借。」徐鍇雖祖述許慎，
但在象形與指事的次第上卻有不同的看法，其原因就在於虛實之別。許慎《說文解
字·敘》中說：

古者庖犧氏之王天下也，仰則觀象於天，俯則觀法於地，視鳥獸之文
與地之宜，於是始作易八卦，以垂憲象。及神農氏結繩爲治，而統其事，
庶業其繁，飾僞萌生。〔註29〕

人必先視實物，而後虛象乃生，徐鍇在《說文解字·類聚》也中說：「夫物生而後有
象，象而後有滋，滋而後有數。」〔註30〕如果以實爲先虛爲後，則象形的次第應在
指事之前。

〔註28〕 請參見丁福保《說文解字詁林正補合編》第一冊第 561-562 頁，1983 年 4 月二版，
　　　　鼎文書局。

〔註29〕 請參見段玉裁《說文解字注》第 761 頁，1991 年 8 月增訂八版，黎明文化事業股份
　　　　有限公司。

〔註30〕 請參見徐鍇《說文解字通釋》第 363 頁，1968 年 6 月再版，文海出版社。

　　總結以上所討論的，徐鍇的《說文解字通釋》是現存《說文解字》註本，而他的「三耦論」藉由對六書之間關係的分辨，推衍了六書次第的先後，及造字用字的區分，這些對後代《說文》研究者都有很大的啓發，於是六書「三耦論」可說是徐鍇除了校註《說文解字》外的一大貢獻。

陸、參考書目

1. 丁福保《說文解字詁林正補合編》，1983 年 4 月二版，鼎文書局。
2. 王初慶《中國文字結構析論》，1993 年 9 月四版二刷，文史哲出版社。
3. 江舉謙《說文解字綜合研究》，1970 年 1 月初版，東海大學出版。
4. 李孝定《漢字的起源與演變論叢》，1992 年 7 月第二次印行，聯經出版社。
5. 林尹《文字學概說》，1987 年 12 月臺初版第十三刷，正中書局。
6. 段玉裁《說文解字注》，1991 年 8 月增訂八版，黎明文化事業股份有限公司。
7. 胡樸安《文字學研究》，1978 年 7 月初版，信誼書局。
8. 徐鍇《說文解字通釋》，1968 年 6 月再版，文海出版社。
9. 張意霞《說文繫傳研究》，1994 年 6 月，逢甲大學中國文學研究所碩士論文。
10. 鄭玄《十三經注疏·周禮》，1993 年 9 月第十二刷，藝文印書館。

參考書目

凡　例

　　參考書目分爲語言文字訓詁類和其他文獻類二種，其中各類書目是依作者姓名字數和筆劃排列，而各作者的著作則依照出版年、月及版次來排列。

一、語言文字訓詁類

1. 丁福保，楊家駱主編，《說文解字詁林正補合編》，鼎文書局，1983 年 4 月二版。
2. 弓英德，《六書辨正》，臺灣商務印書館股份有限公司，1979 年 11 月七版。
3. 王力，《漢語史稿》（增定本），波文書局，1958 年。
4. 王力，《龍蟲並雕齋文集》，北京・中華書局，1982 年第二刷。
5. 王力，《中國語言學史》，駱駝出版社，1987 年 7 月。
6. 王力，《王力文集》第九卷「漢語史稿」，山東教育出版社，1988 年 4 月第一版第一刷。
7. 王力，《漢語音韻》，北京・中華書局，1991 年 10 月第一版。
8. 孔師仲溫，《韻鏡研究》，臺灣學生書局，1987 年 10 月初版。
9. 孔師仲溫，《類篇研究》，臺灣學生書局，1987 年 12 月初版。
10. 孔師仲溫，《類篇字義析論》，臺灣學生書局，1994 年 1 月初版。
11. 王國維，《觀堂集林》，河洛圖書出版社，1975 年 3 月臺景印初版。
12. 王勝昌，《說文篆韻譜之源流及其音系之研究》，臺灣師大中研所（碩）論文，1974 年 6 月。
13. 王鳴盛，《蛾術編》，信誼書局，1976 年 7 月初版。
14. 方遠堯，《六書發微》，臺灣商務印書館股份有限公司，1976 年 5 月初版。
15. 安國鈞，《甲骨文字通假輯解》，中華民國甲骨文學會，1990 年 8 月 2 日初版。
16. 朱駿聲，《說文通訓定聲》，藝文印書館，1975 年 8 月三版。

17. 江舉謙，《六書原理》，東海大學出版，1974 年 7 月初版。

18. 江舉謙，《說文解字綜合研究》，哈佛燕京學社，1978 年 3 月三版。

19. 李榮，《切韻音系》，鼎文書局，1973 年 10 月初版。

20. 何九盈，《中國古代語言學史》，河南人民出版社，1985 年 9 月第一版。

21. 李孝定，《甲骨文字釋》（第八、九、十、十四），中研院史語所，1982 年 6 月第四版。

22. 李法信，〈《說文解字繫傳·通釋》初探〉，《山東師大學報》社科版（濟南）六九至七四期合訂本，第 147 至 151 頁，1991 年 1 月。

23. 李相機，《二徐說文學研究》，輔仁大學中研所（碩）論文，1988 年 6 月。

24. 余迺永，《上古音系研究》，中文大學出版社，1985 年 9 月初版。

25. 杜學知，《六書今議》，正中書局，1977 年 6 月臺初版。

26. 林尹，《訓詁學概要》，正中書局，1972 年 10 月臺二版。

27. 林尹，林師炯陽注釋，《中國聲韻學通論》，黎明文化事業公司，1987 年 9 月六版。

28. 林尹，《文字學概說》，正中書局，1987 年 12 月臺初版第十三刷。

29. 周法高，《中國語言學論文集》，聯經出版事業公司，1975 年 9 月初版。

30. 周法高，《中國音韻學論文集》，中文大學出版社，1984 年 9 月初版。

31. 周信炎，〈論《說文繫傳》中的因聲求義〉，《貴州大學學報》社科版（貴陽）七七至八二期合訂本第 44 至 49 頁，1993 年 2 月。

32. 周秉鈞，《古漢語綱要》，湖南教育出版社，1981 年。

33. 周祖謨，《問學集》，河洛圖書出版社，1979 年 9 月臺景印初版。

34. 周祖謨，《語言文史論集》，五南圖書出版社，1992 年 11 月初版一刷。

35. 相菊潭，《說文二徐異訓辨》，正中書局，1964 年 8 月臺初版。

36. 胡楚生，《訓詁學大綱》，華正書局有限公司，1989 年 3 月二版。

37. 胡樸安，《中國文字學史》，臺灣商務印書館股份有限公司，1973 年 8 月初版。

38. 胡樸安，《文字學研究》，信誼書局，1978 年 7 月初版。

39. 高明，《高明小學論叢》，黎明文化事業股份有限公司，1978 年 7 月 1 日初版。

40. 徐鍇、清·道光十九年祁刻本影印，《說文繫傳》，華文書局股份有限公司，1971 年 5 月初版。

41. 高鴻縉，《中國字例》，三民書局股份有限公司，1976 年元月五版。

42. 張琨，《漢語音韻史論文集》，聯經出版事業公司，1987 年 8 月初版。

43. 許慎、經韻樓藏版，段玉裁注、魯實先正補，《說文解字注》，黎明文化事業股份有限公司，1991 年 8 月增訂八版。

44. 張揖，王念孫疏證，《廣雅疏證》，新興書局，1965 年 11 月一版。

45. 梅廣,《說文繫傳反切的研究》,臺灣大學中研所（碩）論文,1963 年。

46. 郭子直,〈王筠許瀚兩家校批祁刻《說文解字繫傳》讀後記〉,《陝西師大學報》哲社版（西安）七一至七五期合訂本第 132 至 151 頁,1989 年 3 月。

47. 張世祿,《中國音韻學史》,臺灣商務印書館股份有限公司,1968 年 2 月臺二版。

48. 張世祿,《張世祿語言學論文集》,上海・學林出版社,1984 年 10 月第一版。

49. 張建葆,《說文假借釋義》,文津出版社,1991 年 12 月初版。

50. 陳彭年等、張士俊澤存堂本,林尹校訂,《宋本廣韻》,黎明文化事業股份有限公司,1987 年 3 月 20 日九版。

51. 陳新雄,《古音學發微》,文史哲出版社,1975 年 12 月 7 日再版。

52. 張慧美,《朱翺反切新考》,東海大學中研所（碩）論文,1988 年 4 月。

53. 黃侃,《黃季剛先生論學名著》,九思出版社,1977 年 9 月 1 日台一版。

54. 黃侃,《文字聲韻訓詁筆記》,木鐸出版社,1983 年 9 月 10 日初版。

55. 黃永武,《形聲多兼會意考》,文史哲出版社,1984 年 4 月第五版。

56. 曾勤良,《二徐說文會意形聲字考異》,輔仁大學中研所（碩）論文,1968 年。

57. 潘美月,《圖書》,幼獅文化事業公司,1986 年 6 月初版。

58. 潘重規,《中國文字學》,東大圖書有限公司,1977 年 2 月初版。

59. 蔡信發等,《魯實先先生學術討論會論文集》,臺灣師大、中國文字學會主辦,1993 年 5 月 9 日出版。

60. 魯實先,《假借遡源》,文文出版社,1973 年。

61. 錢玄同、朱宗萊,《文字學音篇・形義篇》,臺灣學生書局,1969 年 3 月三版。

62. 錢曾怡、劉聿鑫,《中國語言學要籍解題》,大陸・齊魯書社,1991 年 11 月第一版。

63. 龍宇純,《中國文字學》,臺灣學生書局,1987 年 9 月五版。

64. 謝啓昆,《小學考》,廣文書局,1969 年 2 月初版。

65. 謝雲飛,《中國聲韻學大綱》,臺灣學生書局,1987 年 10 月初版。

66. 謝雲飛等,《第三屆中國文字學國際學術研討會》,輔仁大學出版社,1992 年 6 月初版。

67. 蘇尚耀,《中國文字學叢談》,文史哲出版社,1976 年 5 月初版。

68. 嚴學宭,〈小徐本說文反切之音系〉,《中山大學師範學院》季刊一卷二期,第 1 至 80 頁,1943 年。

69. 藝文印書館,《校正甲骨文編》,藝文印書館,1974 年 10 月再版。

二、其他文獻類

1. 文瑩,《玉壺詩話》（古今詩話叢編）,廣文書局,1980 年 9 月初版。

2. 毛先舒,《南唐拾遺記》（叢書集成新編）,新文豐出版股份有限公司,1989 年 7

月台一版。

3. 中國大百科全書出版社編輯部，《中國大百科全書》（語言・文字），中國大百科全書出版社，1988 年 2 月第一版。

4. 王國維、密均樓寫本，《傳書堂藏善本書志》，藝文印書館，1974 年 2 月初版。

5. 永瑢等，《合印四庫全書總目提要及四庫未收書目禁燬書目》（五冊），臺灣商務印書館股份有限公司，1985 年 5 月增訂三版。

6. 永瑢等，《景印文淵閣四庫全書》，臺灣商務印書館股份有限公司，1986 年 5 月初版。

7. 司馬光、嚴衍補撰，《資治通鑑補》，廣文書局，1976 年 6 月初版。

8. 江少虞，《皇朝類苑》，文海出版社，1981 年 6 月出版。

9. 呂武志，《唐末五代散文研究》，臺灣學生書局，1989 年 2 月初版。

10. 李慈銘，《越縵堂讀書記》，世界書局，1975 年 7 月再版。

11. 李調元，《函海》，宏業書局，1968 年 2 月 10 日出版。

12. 邵經邦，《弘簡錄》，廣文書局，1968 年 5 月初版。

13. 翁方綱，清代稿本百種彙刊，文海出版社。

14. 徐安定，《徐氏古今詩文選》，世界徐氏宗親總會，1986 年 12 月出版。

15. 耿志堅，〈初唐詩人用韻考〉，國立臺灣教育學院《語文教育研究集刊》第六期第 21 至 58 頁，1987 年 6 月出版。

16. 耿志堅，〈盛唐詩人用韻考〉，國立臺灣教育學院，《教育學院學報》第十四期第 127 至 160 頁，1989 年 6 月出版。

17. 耿志堅，《中唐詩人用韻考》，東府出版社，1990 年 3 月出版。

18. 高明、張壽平等，《隋唐五代文彙》，中華叢書委員會，1957 年 8 月印行。

19. 孫詒讓，《籀高述林》，廣文書局，1971 年 4 月初版。

20. 陸心源，《皕宋樓藏書志、續志》，廣文書局，1968 年 3 月出版。

21. 陳安仁，《中國上古中古文化史》，泰順書局，1971 年 2 月出版。

22. 陳伯雨，《金陵通記》，新文豐出版股份有限公司，1975 年 11 月初版。

23. 陳振孫，《直齋書錄解題》，中文出版社，1984 年 5 月再版。

24. 脫脫等，《宋史》，洪氏出版社，1975 年 10 月 10 日初版。

25. 張鈞衡，《適園藏書志》，廣文書局，1968 年 3 月初版。

26. 張翠雲，《說文繫傳版本源流考辨》，臺灣師大國研所（碩）論文，1988 年 4 月。

27. 陳夢雷，《古今圖書集成及索引》，文星書店，1964 年 10 月初版。

28. 董史，《皇宋會錄》（原刻景印本百部叢書——知不足齋叢書），藝文印書館，

29. 楊家駱，《新校資治通鑑注》，世界書局，1974 年 3 月六版。

30. 劉葉秋，《中國字典史略》，北京中華書局，1992 年 2 月 1 日第一版第一刷。

31. 趙鐵寒，《隆平集》，文海出版社，1967年1月臺初版。

32. 鄭玄、孔穎達疏，《毛詩正義》，廣文書局，1975年11月初版。

33. 劉勰，《文心雕龍注》，明倫出版社，1970年8月初版。

34. 鄭樵，《通志》，新興書局，1963年10月新一版。

35. 歐陽修，《新五代史》，洪氏出版社，1977年10月6日出版。

36. 盧文弨，《抱經堂文集》（原刻景印本百部叢書——抱經堂叢書），藝文印書館。

37. 錢曾、章鈺校證，《讀書敏求記校證》，廣文書局，1967年7月初版。

38. 瞿鏞，《鐵琴銅劍樓藏書目錄》，廣文書局，1967年8月初版。

39. 不著撰人〔註〕，《影印增補歷代紀事年表》，華國出版社，1959年4月初版。

〔註〕《歷代紀事年表》爲康熙五十一年聖祖御定，初康熙四十六年，聖駕南巡，布衣龔士
　　炯獻表，所載至隋而止，乃詔周清源重修，清源歿，復詔王之樞踵修，而以周清源的
　　兒子嘉禎佐修，才相續編成，所以不知始初撰人。